M/111

GROTE MARNIXPOCKET

Ward Ruyslinck
De madonna met de buil

MANTEAU
BRUSSEL & DEN HAAG

Copyright A. Manteau n.v., Brussel, 1959
Achtste druk 1976
Omslagontwerp : Robert Nix
ISBN 90 223 0525 2
D 1976 0065 12

Voor Alice en Christje

De madonna met de buil

I

De oude man, de vecchione van Romiliano, wilde niet sterven. Reeds drie dagen en drie nachten lag hij onbeweeglijk en met gesloten ogen in de alkoof onder de trap. Alle Santini's waren in de alkoof onder de trap gestorven, zijn vader en zijn grootvader en waarschijnlijk ook zijn overgrootvader die het huis gebouwd had, en omdat hij bij het begin van zijn ziekte zelf gevraagd had om daarheen gebracht te worden, was het voor iedereen duidelijk dat zijn tijd gekomen was. Maar hij scheen op iets te wachten, niemand wist op wat, de opheldering van een oud geheim of de terugkeer van een geliefde herinnering die zijn ogen sluiten en zijn hart verzegelen moest.
En zo gebeurde het op de morgen van de vierde dag, dat zijn zoon Pippo en diens vrouw Lucia hem nog steeds in dezelfde toestand aantroffen als op de eerste dag van zijn bedlegerigheid. Pippo Santini schoof de groene, verschoten alkoofgordijnen wat verder open en boog zich over de oude man. Zijn ademhaling scheen rustig en regelmatig. Lang en mager lag hij op de geitevellen uitgestrekt en zijn grijze, onverzorgde hangsnor was een hoefijzervormige schaduw om zijn tandeloze ingevallen mond. De tabakspruim, die hij drie dagen tevoren op de rand van het bed had geplakt, zat daar nog altijd en was intussen verdroogd.
Lucia keek over Pippo's schouder naar het bruine, ver-

weerde en gerimpelde gezicht van haar schoonvader. Toen daalde haar blik tot op zijn borst, waar haar aandacht werd getrokken door de kleine zilveren regeringsmedalje die hij in het jaar van de eerste grote druivenoogst ontvangen had, omdat hij met inzet van zijn eigen leven het zoontje van de limonaio Baffone uit de woeste draaikolken van de Tarpo had gered. Zij had ze gisteren zelf op zijn hemd vastgespeld, want ze was trots op de oude man en op zijn daad van zelfopoffering, en ze wilde dat degenen die de zieke een bezoek brachten dit zouden gedenken. Ze kon zich niet herinneren dat ooit iemand van de Santini's, van dit oude geslacht van druivenlezers, zulke hoge onderscheiding ontvangen had.
'Zou ik de medalje niet even oppoetsen?' fluisterde ze aan Pippo's oor. 'Ze is zo dof geworden.'
Hij raspte met de vingernagels over zijn stoppelige kin en knikte langzaam.
'Ja, dat is een goed idee,' zei hij afwezig.
Ze boog zich op haar beurt over het bed en maakte voorzichtig de medalje van Giulio Santini's hemd los. Uit het aangrenzende vertrek drong de scherpe, verstikkende rook van smeulend hout de alkoofkamer binnen. Pippo keerde zich geërgerd om:
'Waar komt die rook vandaan? Wat een dwaas schepsel. Zeg haar toch dat ze de deur sluit, wanneer ze de kachel aanmaakt. Wil ze hem doen stikken?'
Hij rukte haastig de gordijnen dicht en sloot de vecchione in de nauwe, donkere ruimte onder de trap op. Lucia begaf zich naar de woonkamer, deed de deur achter zich toe en keek geschrokken door de dichte rook naar haar dochter, die met tranende ogen voor de kachel geknield zat en het smeulende hout probeerde aan te blazen.

'Santa Maria, wat een rook! Ben je gek, Elena? Je zult je grootvader verstikken. Heb je nu nog niet geleerd hoe je een kachel moet aanmaken? En je gaat nog wel trouwen...'
Het meisje keek op en ging op haar hielen zitten. Ze had de waterig groene ogen en het glanzend zwarte haar van de Santini's. De gevlochten raffiasandalen, die ze voor de eerste keer aanhad, knarpten toen ze zich uit haar gehurkte houding oprichtte.
'Leeft hij nog?' vroeg ze, zonder acht te slaan op de uitroepen van haar moeder.
Met heftige armzwaaien de rook voor zich uitdrijvend, liep Lucia om de tafel heen. Ze trok het raam open en wendde zich hoestend om:
'Natuurlijk leeft hij nog. Jij wilt ook dat hij leven zal, niet om zijnentwille, niet omdat je van je grootvader houdt, maar omdat je dan overmorgen kunt trouwen. Schaam je, Elena, dat is zelfzucht.'
Elena kamde met haar vingers de haren achteruit en zei niets. Ze glimlachte: overmorgen, over twee dagen. Zo de oude man echter voor die tijd stierf, behoorde ze zes maanden langer te wachten. De glimlach verdween. Het zou herfst worden en God weet, of Mario Costello intussen zijn geduld niet verloor en naar een ander meisje ging uitzien. Ze dacht aan de mooie satijnen bruidsjapon die boven, op haar kamer, klaarlag; er waren zilveren vlinders op geborduurd en de witte kraag stond als een aronskelk sierlijk rechtop. Ook aan de koffer dacht ze, die naast haar bed stond en gevuld was met linnen en allerlei huisraad. Haar verlangen naar de vervulling van haar liefde was hartstochtelijk groot en ze wenste vurig dat de vecchione tot overmorgen in leven bleef, zodat Mario niet langer op haar hoefde te wachten.

'Sta je weer te dromen, dwaze gans?' bromde Lucia.
'Je vader is boos op jou, maak maar gauw voort.'
Het meisje begon langzaam de vloer vóór de kachel aan te vegen. Het hout had eindelijk vuur gevat; af en toe flikkerden kleine gele vlammetjes op. Ondanks het open raam bleef de zware rooklucht onder de lage zoldering hangen. Lucia lette er echter al niet meer op, zij haalde een poetslap uit de ladenkast tevoorschijn en poetste daar zorgvuldig de zilveren medalje mee op.
Even later stak Pippo zijn hoofd naar binnen: 'Lucia, kom eens gauw helpen. Het trapportaal is al helemaal vol rook.'
'Wat wil je dan doen?' vroeg Lucia.
'Hem naar buiten dragen, het erf op. In de alkoof zal hij zeker stikken.'
Zij ging ogenblikkelijk met hem mee. In weerwil van haar dikke, ronde buik, die als een opgepropte baal onder haar schort uitpuilde, liep ze met verwonderlijk vlugge passen achter hem aan.
Samen tilden ze de oude man van zijn bed op. Hij woog niet zo heel zwaar en zonder veel moeite droegen ze hem tussen hen beiden in het erf op, waar ze hem neerlegden op de met duivenplets besmeurde bank onder het luifeldak, vlak naast de pomp die al in lange tijd geen water meer optrok omdat de wel bij het huis opgedroogd was.
'Het zal voorzeker niet lang meer duren,' merkte Pippo fluisterend op. 'Heb je al op zijn neusvleugels gelet, hoe wijd die openstaan? Net als bij een stervende muilezel.'
'Ik zou zijn neushaartjes eens moeten uitknippen,' zei Lucia.

'Ja,' zei hij.
Ze boog zich over de zieke en haar gezicht trok zich in rimpels samen, zodat het kleine vlezige uitwasje naast haar linkeroog als een miereëitje in een van de kraaiepootjes kwam te liggen. Nadat ze hem met grote opmerkzaamheid had aangekeken, gaf ze Pippo een teken met de hand achter haar rug:
'Kijk eens hoe hij zweet, de arme drommel. Zou dit het doodszweet al zijn?'
Pippo nam op zijn beurt zijn vader wat aandachtiger op, bekeek het gegroefde gezicht dat bedekt was met fijn, glinsterend zweet. De grijze hangsnor leek in het helle daglicht op het stoffige, watten pluis van de moerbeiboom.
'Het is wel mogelijk,' zei hij ten slotte.
Nadat ze daar enige tijd zo gestaan hadden, vol hulpeloze bezorgdheid, de handen voor de onderbuik gevouwen, gingen ze zwijgend weer naar binnen. Het was alsof ze, door hem buiten op de bank neer te leggen en hem lang en aandachtig te beschouwen, een laatste plicht volbracht hadden en ze nu verder niets meer voor hem konden doen. Een hond die ziek is legt men in een rustige hoek op een opgevouwen deken en men gaat weg en vergeet hem, en zodra hij gestorven is, graaft men een kuil en daarna vergeet men hem voorgoed.
Giulio Santini, de man die eertijds een heldendaad had verricht en daarvoor met een hoge onderscheiding van de regering was vereerd, lag op een eenzame rustige plek achter het huis, op een harde houten bank, en wachtte op datgene wat niet komen wou en waarvan niemand wist wat het was.
De zachte bloesemgeur van het voorjaar dreef over

het erf aan, vermengd met de vochtige dauwlucht van het wingerdloof op de hellingen. Op een tweehonderdtal meter achter het huis verhief zich de zonnige berghoogte, een westelijke uitloper van de Sempiterno, de Eeuwigdurende. De wijngaarden op de door slingerpaden gescheiden terrassen glooiden in groene golvingen langs de flank af en zonken in het dal weg. De zon, die nog niet lang geleden in de nevelige diepte achter het dal als een gouden dooier uit de broze schaal van de morgen was gebroken, rees al boven de hellingen uit en glazuurde het gebladerte van de wijnstokken op de hoogste terrassen.

De zoele ademtocht van de lente en de rinse muskaatgeur van de wijnberg beroerden de vecchione nochtans niet. Hij lag even roerloos op de bank uitgestrekt als in de alkoof, met dat zonderlinge geduld en die bovenmenselijke gelatenheid die de innerlijke aandacht van de stervenden scherpen. Blijkbaar werd hij het verschil niet eens gewaar tussen het harde, knoestige hout van de bank en de zachte geitevellen in het alkoofbed. Als een schijndode zag hij er uit: hij leefde niet meer, maar toch was hij nog niet gestorven. Het zonlicht viel schuin onder de luifel door op zijn bezweet gezicht en deed dit glimmen als de bruine, warme korst van een pas gebakken brood. De meisjes, die in kleine groepjes uit het dal vertrokken en langs de steile paden naar de wijngaarden opklommen, zongen de liederen die ze het vorig jaar tijdens de vendemmia geleerd hadden, en de duiven streken klapwiekend op de nok van de wagenschuur neer en sloegen hun witte pennen uit, en het grote schaduwveld van de berg trok steeds verder van de huizen terug, werd aldoor kleiner en kleiner. Maar de oude wijnlezer hoorde of zag dit alles niet. Zijn hart hing niet langer aan de wereld, hij lag zachtjes te sterven en zag de dood tegemoet op precies dezelfde wijze als hij het leven aanvaard had: zonder zich er druk over te maken, in de rustige overtuiging dat het noodzakelijke gebeuren moest.

Een halfuur lag hij daar en toen de schaduw van de luifel zijn ogen bereikt had, ging ergens een deur open. Het meisje stak het erf over; haar raffiasandalen maakten een krissend geluid. Zij stond schuw voor de bank stil en beschouwde, knipperend met de oogleden, het gebruinde, verweerde gezicht, de kloofjes in de huid, de ingevallen mond, de hangsnor en de magere hals met de uitpuilende adamsappel. Ze zag ook de donkere zweetvlekken in zijn hemd, vlak bij de oksels. Zich over hem heen buigend, luisterde ze naar zijn ademhaling, die zwak en nauwelijks hoorbaar was.

Een vreselijke onrust sloop in haar hart en ze liet zich op de knieën vallen, lei haar hoofd op de borst van de oude man. Zijn lichaam stonk naar zweet en urine en ze dacht aan de zure, warme lucht van staldieren die de ganse winter op vuil, doorweekt stro hebben gelegen. Vol bange voorgevoelens beluisterde ze zijn hart. Ze luisterde er naar zoals ze soms, in de nabijheid van het Kluizenaarspad, haar oor tegen de bergwand drukte om het doffe, verwijderde gedruis te horen van de Tarpo, de bergstroom, die zich van de steilte aan de andere kant van de heuvel neerstortte. Doch het enige geluid dat thans tot haar doordrong was het onrustige bonzen van haar eigen hart.

'Avolo mio, grootvadertje, hoor je mij?' fluisterde ze.

Mogelijk hoorde hij haar wel, doch hij gaf haar dit op geen enkele manier te kennen. Zijn ogen bleven gesloten en zijn armen lagen onbeweeglijk gestrekt naast zijn lichaam. Alleen zijn lippen schenen zich eventjes, slechts vluchtig, te bewegen. Of verbeeldde ze zich dit maar?
Ze drukte zich dichter tegen hem aan en streelde zijn hand.
'Ga je ons werkelijk verlaten?' zei ze en haar stem klonk tegelijk droef en vleiend. 'Je weet toch dat ik overmorgen ga trouwen, ben je dat al vergeten? Het is lente. Ruik je de lente niet, avolo? Zeg toch iets. Ik heb er zo naar verlangd, naar overmorgen, en ik heb voor jou gebeden, opdat je gauw beter zou worden en het nog mogen beleven. Maar ik geloof dat het je onverschillig laat, anders zou je wel moeite doen om het te boven te komen. Waarom zeg je niets, grootvadertje? Hoor je me niet...?'
Ze hief vol hoop het hoofd op en wachtte op zijn antwoord. Maar hij gaf geen geluid. Het leek wel alsof hij inderdaad al dood was. Ze begreep dat dit echter onmogelijk was: de hand van een dode kon niet zo warm zijn. Ze beet op haar onderlip en richtte zich boos op. Ze haatte hem, want ze dacht dat hij niet antwoordde, omdat hij niet wou gestoord worden, omdat hij zoals alle lijdende zieken naar niets anders dan rust en eenzaamheid verlangde en daarbij het noodzakelijke voortbestaan van de hele wereld om zich heen vergat. Ja, ze haatte hem en het verbitterde haar nog meer, dat ze hem niet dood kon wensen, want dààr kwam het precies voor haar op aan. Hij mócht niet sterven.
Ze slikte om het worgende gevoel in haar keel te

verdrijven. De meisjes en jongens op de wijnberg zongen een opgewekt ritornel; ze herkende de wijs en haar lippen prevelden onwillekeurig de woorden mee, doch de werkelijke zin en betekenis ervan gingen voor haar verloren. Het gevoel, alsof er plotseling iets te veel was in haar leven, verdrong de gedachte van zoëven, dat er iets in haar leven ontbrak. Ze kon het niet verklaren, maar het was zo.

Traag bracht ze de hand boven de ogen om tegen het verblindende daglicht in naar de hellingen te kijken. Ze zag de kleine, kleurige vlekjes die zich over de paden en tussen het groen bewogen en ze verbeeldde zich dat ze Mario, de zoon van de slotenmaker die gedichten schreef, kon onderscheiden. Verleden jaar, tijdens de vendemmia, het jaarlijkse oogstfeest, had ze met hem kennis gemaakt en ze herinnerde zich zijn belofte, diezelfde avond, toen ze samen over het Kluizenaarspad in de richting van de dalengte wandelden. Hij had gezegd: 'Het zal gauw lente worden, Elena, en dan trouwen we.'

En nu was het lente, de kauwen hadden het dal verlaten en de Sempiterno stond zonder zijn witte sneeuwkap boven de einder. Het was de tijd der jaarlijkse vervulling. Kon iemand zeggen 'in de lente trouwen we' en zijn belofte niet nakomen, omdat dit toevallig zo schikte voor één enkele mens, een oude zieke man die drieëntachtig jaar lang geleefd had?

II

Op de avond van de vierde dag, kort na het vallen van de schemering, lag Giulio Santini koud en verstijfd en met opengezakte mond op de bank onder het afdak. De duiven hokten kirrend samen onder de luifel en het hemd en de broek van de oude man scheen met grote, witte kalkspatten bevuild. Zijn ene arm hing naast zijn lichaam neer, de vingertoppen vlak bij de grond, alsof hij nog naar iets onder de bank had willen grijpen.

Toen Pippo en Lucia na het avondeten naar buiten kwamen om de zon achter de blauwe heuvels van de Signore Dio te zien ondergaan, zagen ze hem liggen. Ze sloegen een kruis en zetten grote ogen op, alsof ze de oude man even tevoren nog springlevend gezien hadden. Daarna droegen ze hem zwijgend het huis in, legden hem in de alkoof onder de trap neer en speldden hem de opgepoetste regeringsmedalje op de borst.

'Ik vraag me af waarom hij nu plotseling zo'n haast had,' zei Pippo en staarde lange tijd zwaarmoedig naar het gesloten gezicht van zijn vader, dat in de dood kleiner en gerimpelder geworden scheen.

Elena was ontdaan van de dode weggelopen, de trap op, naar haar kamer, waar ze in snikken uitbrak. Door haar tranen heen keek ze naar de witte satijnen japon, die over een stoel bij het raam lag. De hoge, opstaande kraag hing slap als een verwelkende bloem en de zilveren vlinders hadden hun vleugels gesloten. Er drong nog een beetje licht van buiten in de kamer door, een zwakke droesemkleurige klaarte; maar deze bleef achter het raam hangen, langzaam vervloeiend in de door geen geluid verstoorde lenteavond.

Ze had nog geen ogenblik medelijden met haar grootvader gehad. Ze schreide, niet omdat ze hem nu nooit meer zou zien en horen of omdat de schommelstoel naast de kachel voortaan leeg zou blijven, maar omdat zijn dood de eerste grote verwachting in haar leven vernietigde. Zoals alle jonge mensen verafschuwde zij de dood in het algemeen, als een doelloze en onbegrijpelijke verschrikking die de orde der dagelijkse gebeurtenissen verstoorde en een vreemde schaduw op de gezichten van de levenden wierp – ja, ze vond de doden veeleisend en zelfzuchtig, en onredelijk in hun zelfzucht – maar tegen de oude man, die zijn tijd zo slecht gekozen had, koesterde ze bovendien een gevoel van grote verbittering. Niet alleen nam hij het verleden met zich mee in het graf, maar ook de toekomst, en dit vergaf ze hem niet. Om het verleden bekreunde ze zich niet, omdat zij er zelf geen plaats in had, doch de aanstaande weken en maanden hielden een bijzondere belofte voor haar in en dus was het onrechtvaardig dat iemand, alleen omdat zijn eigen levenstijd vandaag een einde nam, haar dit vreugdevol vooruitzicht zou ontnemen.

Tranen biggelden langs haar wangen, ze zat op de rand van het bed en keek naar de lamp die op de linnenkast stond en een droevig geel licht in de kamer verspreidde. Beneden, uit de lemen koelte van het huis, klonk het gejammer op van de Fugazza's, de buren die hun rouwbeklag kwamen betuigen. Zij onderscheidde eveneens de blatende stem van de sagrestano, die gekomen was om het lijk op te meten en de toebereidselen voor de uitvaart te bespreken. De grote drukte, die niet zou ophouden vooraleer Giulio Santini aan de aarde was toevertrouwd, had een aanvang genomen. En overmorgen, zodra alles voor iedereen voorbij was en het voor haar eigenlijk pas zou moeten beginnen, zou de drukkende stilte in het huis hen allen verpletteren.

Ze hief het hoofd op, luisterend of ze misschien ook Mario's stem zou horen. Hij kon ieder ogenblik aankomen, want het nieuws van de dood van de vecchione zou als een lopend vuurtje door het dorp gaan. De gedachte hem vanavond te zullen weerzien pijnigde haar. Ze zag tegen een ontmoeting met hem op, die slechts in een treurige, hopeloze stemming kon plaatsvinden. Ze stelde zich voor hoe hij haar hoofd tussen zijn handen zou nemen en met zijn zachte, weemoedige glimlach, die hij zo gevoelig kon maken dat een duizeling je overviel, zou zeggen: 'Het zal gauw herfst worden, Elena, en dan trouwen we.' Precies zó als hij, vóór enige maanden, gezegd had: het zal gauw lente worden. Maar in de herfst wilde ze niet trouwen. Een bruiloft was een feest vol stralend licht en uitbundige vrolijkheid en dronkenmakend verlangen naar het leven – hoe kon dit ooit zo zijn in het trieste jaargetijde dat de herfst was?
Er kwam iemand de trap op; de treden kraakten. Ze gaf zich niet eens de moeite om haar haren op te schikken en haar tranen te drogen.
Lucia trad de kamer in. Een zwarte omslagdoek bedekte haar schouders, haar ogen waren rood beschreid.
'Elena, kom je niet naar beneden?'
Elena keek naar het wratachtig uitwasje naast het oog van haar moeder.
'Is Mario er al?' vroeg ze, dadelijk het hoofd weer afwendend.
'Wat haal jij je toch in het hoofd?' antwoordde Lucia knorrig. 'Zit jij aan Mario te denken, terwijl beneden de gewijde kaars voor je grootvader brandt? Je bent nog zelfs niet naar hem gaan kijken...'

Elena schudde troosteloos het hoofd.
'Ik wil hem niet zien,' zei ze.
En met een boze blik voegde ze er gemelijk aan toe: 'Ik heb nog nooit een dode gezien en ik wil er ook nooit een zien.'
Lucia kwam een stap dichterbij en sloeg verontwaardigd de handen ineen:
'Santa Maria, waarom lieg je? Je was er bij toen mijn moeder, jouw grootmoeder, stierf. Of herinner je je dat al niet meer? Toen ik jouw leeftijd had, had ik al meer doden dan levenden gezien. En ik moet zeggen, dat ik geleerd heb minder bang te zijn voor de doden dan voor de levenden. Wees nou verstandig en kom naar beneden, Elena.'
Elena luisterde nauwelijks naar wat haar moeder zei. Ze staarde naar het trillende schijnsel van de lamp op de bleke muur tegenover haar en schudde halsstarrig het hoofd.
'Laat me toch met rust,' zei ze. 'Ik wil hem vandaag niet zien, begrijp je dat dan niet?'
Haar moeder zuchtte diep en terwijl ze een schuine blik op de bruidsjapon wierp, ging ze op half verbolgen en half vergoelijkende toon voort:
'Ik weet wel wat er in jouw hoofd omgaat. Corbezzole, is het misschien de schuld van de oude man dat dit juist vandaag moest gebeuren, een paar dagen vóór je trouwdag? Denk je dat hij er om gevraagd heeft? Wees eindelijk eens redelijk, Elena. Nu, als je niet naar beneden wilt komen, dan blijf je maar waar je bent. Maar ook jouw tijd zal eens komen, vergeet dat niet, en God weet hoe het dàn zal gaan. Misschien mag je jezelf dan nog gelukkig achten, wanneer je één van je kinderen om je heen hebt om jou bij te staan in het laatste uur.'

Met bedrukt gezicht, de handen op haar dikke schommelende buik, verliet ze de kamer. Elena hoorde haar de trap weer afgaan; er kwam geen einde aan, het was alsof ze in een bodemloze diepte afdaalde.

Intussen was de sagrestano blijkbaar al naar het dorp teruggekeerd, want in het dal begon eensklaps de doodsklok te luiden. Elena had zich nog steeds niet bewogen. Ze zat overeind op het bed, haar vingers plukten aan de deken en door haar lichaam ging een vage huiverige opwinding. Ze dacht aan de Madonna met de Buil, la Madonna bubbonica, het mirakuleuze albasten beeld dat, in het koor van de kerk van Romiliano opgericht, sedert enkele jaren het voorwerp van een bijzondere verering was. Ieder jaar groeide in dit stille genadeoord de stroom van bedevaartgangers aan: zieken en gebrekkigen en gezonden die van het wonderbeeld gehoord hadden en vaak van zeer ver kwamen om genezing te vinden of persoonlijke gunsten te verkrijgen. Het kleine blijvende wonder, dat deze albasten heilige van alle andere beelden der Heilige Moeder onderscheidde, was een geheimzinnig gezwel op Haar voorhoofd, een bultige verhevenheid die volgens sommigen ontstaan was op de plaats waar eertijds de beeldhouwer in dronkemansvervoering zijn lippen op gedrukt zou hebben. Doch de faam van de Madonna bubbonica had zich pas voor een tweetal jaren buiten het dorp verbreid, nadat zij een jong meisje dat aan vlektyfus leed had toegesproken en op bovennatuurlijke wijze genezen. Zij was toen in een stralende lichtkrans verschenen en zou gezegd hebben: 'omdat je ziel rein is, zal ik ook je bloed reinigen.' Het meisje was dadelijk naar huis gelopen, naar haar moeder, die in de keuken risotto bereidde voor het feest van de Verrijzenis, en toen deze zag dat de koortsvlekken van de huid van haar dochtertje verdwenen waren, was ze zeer verwonderd, viel op de knieën neer en dankte de Madonna bubbonica.

Daaraan dacht Elena, terwijl de sagrestano in het kerkportaal opsprong naar de slingerende klokkereep, die aan zijn geschaafde handen ontglipt was, en zich ondertussen afvroeg op welke raadselachtige boodschap de oude Giulio Santini zo lang kon gewacht hebben alvorens dit leven te verlaten.

Zij stond op, ging naar het raam en keek naar buiten. De maan scheen over de hellingen en het pannendak van de wagenschuur glom als de druipnatte schubbige rug van een zeemonster.

Nadat ze een tijdlang naar de avond had staan uitkijken en de klokkegalm eindelijk was weggestorven, keerde ze zich van het venster af. Haar ogen waren wijd en glanzend geworden van het staren naar de maanheldere berghoogte. Ze schikte haar haren voor de spiegel, sloeg haar hoofddoek om en blies de lamp uit.

III

Pippo vertelde de Fugazza's hoe zijn vader dertig jaar geleden het zoontje van de citroenverkoper Baffone uit de Tarpo gered had. 'En daarvoor heeft hij dan van de regering een mooie zilveren medalje gekregen, waar zijn naam voluit is ingegrift,' besloot hij en reikte naar de wijnkruik op de tafel.

Emilio Fugazza hoorde dit verhaal voor de derde keer, maar hij knikte vol bewondering alsof het de

eerste maal was, streek zijn rosse knevel op en zei:
'Ja, je ziet dat moed en zelfopoffering steeds beloond worden.' Zijn vrouw Marta kneep haar vosseoogjes halfdicht en zei niets. De zwarte, benen rozenkrans lag vóór haar op de tafel en het koperen crucifix flikkerde in het licht van de lamp.
'Pippo, vadertje,' verbrak Lucia de stilte die op Emilio's woorden volgde, 'wanneer komt eindelijk de curato? Heeft de sagrestano je daar niets van gezegd? Ik heb geen waskaarsen meer en hoe kom ik aan wijwater?'
'Je hebt toch zelf gehoord wat de sagrestano zei,' antwoordde Pippo. 'De curato is vanmiddag naar Reggio d'Ilfonso afgereisd om er onderhandelingen aan te knopen over de herstelling van het smeedijzeren koorhek. Hij zal pas morgen terugkeren.'
'Morgen pas?' riep Lucia geschrokken uit. 'In nome di Dio, hoe kom ik dan aan kaarsen en wijwater? Je weet toch dat hij zijn toestemming moet geven.'
'Wijwater kan je van mij wel krijgen,' stelde Marta Fugazza haar gerust. 'Ik heb er wat in een flesje bewaard, een mens weet nooit waartoe het kan dienen en je ziet nu wel.'
'God zij dank, je redt me, Marta, lieve ziel,' zuchtte Lucia en keek haar buurvrouw dankbaar aan.
De mannen rookten hun pijpen en dronken de wijn van de Sempiterno en Pippo Santini schudde af en toe droefgeestig het hoofd.
'Het is hier warm,' zei Maria terloops. 'Jullie moeten het wel erg breed hebben, dat je de kachel hebt branden in het voorjaar.'
Ze wond de rozenkrans om haar pols en gluipte naar de kachel, die een zachte rode gloed afstraalde.

'Breed hebben we 't niet, dat mag de Sante Vergine Maria weten,' bracht Lucia verontschuldigend in. 'Maar de avonden zijn zo koel.'
'Stil,' gebood Pippo, 'er klopt iemand op de deur.'
'Je droomt,' zei Lucia, 'ik heb niets gehoord.'
Pippo nam de pijp uit zijn mond en riep: 'Kom binnen!'
De deur ging langzaam open en de klink viel niet dadelijk terug, als aarzelde de bezoeker of hij wel zou binnenkomen. 'Zie je wel, het is Mario,' zei Pippo en rees van zijn stoel op om zijn toekomstige schoonzoon te verwelkomen.
Mario omhelsde zwijgend Elena's ouders, gaf Lucia een bemoedigend klapje op de rug. Daarop barstte deze in snikken uit:
'Je hebt het dus al vernomen. Ik ben blij dat je gekomen bent...'
De Fugazza's zaten er stom bij en staarden naar het tafelblad, naar de gele wijnvlekken in het hout. Het licht viel op Mario's pezige, gebronsde nek en op zijn verwonderlijk kleine oorschelpen. Hij had dezelfde oren als zijn vader, de muizeoortjes van de Costelli.
'Is je vader niet meegekomen?' vroeg Pippo.
'Hij zal later komen,' zei Mario. 'Ik mocht het jullie eigenlijk niet verklappen, maar hij werkt aan een lijkdicht voor de vecchione.'
'Een lijkdicht? Dat is mooi!' riep Pippo ontroerd uit.
'Corbezzole, je vader is een groot man!' stemde Lucia met verstikte stem in.
'Een slotenmaker die gedichten schrijft, wie heeft daar ooit van gehoord?' mompelde Marta en richtte haar sluwe vosseoogjes op de jonge Costello. 'Ik heb al wel eens gehoord van een onderwijzer die sloten kon maken, maar dat is heel wat anders.'

De kraaltjes van de rozenkrans verschoven vlug tussen haar vingers. Emilio snoof luidruchtig en tekende met zijn wijsvinger traag de omtrek van de wijnkruik na.
'Wil je hem eerst niet even zien?' stelde Pippo Mario voor.
Elena's verloofde knikte en beiden verlieten ze de kamer.
Marta zag hen onbewogen na, schraapte de keel en vroeg, zich tot Lucia wendend:
'Wanneer wordt hij begraven? Heb je daar al over nagedacht?'
'Overmorgen,' zei Lucia.
'Dan zal je dus de lijkdragers voor je deur vinden in plaats van de bruidsjonkers. Ja, zo gaat het nu eenmaal in het leven: de mens wikt en God beschikt.'
Op een naburig erf huilde een hond. Emilio, wiens gezicht een vuurrode kleur had, schoof zijn stoel wat verder van de kachel weg. Weldra keerden Mario en Pippo in de kamer weer. De zoon van de slotenmaker sloot zich bij het gezelschap om de tafel aan; over de dode zei hij geen woord, hij luisterde evenals de anderen naar het klaaglijke gehuil van de hond en bevochtigde voortdurend met het puntje van zijn tong zijn droge lippen. Ten slotte vroeg hij, met een schuchtere oogopslag in Lucia's richting: 'Is Elena niet thuis?'
'Heb je haar dan niet ontmoet?' zei Lucia verwonderd. 'Ze is naar de kerk gegaan om voor het zieleheil van haar grootvader te bidden. De hele avond heeft ze in haar kamer zitten schreien, tot een paar minuten vóór jij hierheen kwam. Of neen, ze is stellig al langer weg...'

'Ik heb haar niet gezien,' zei Mario teleurgesteld.
'Ze is waarschijnlijk langs de via di Salvatore gegaan,' veronderstelde Pippo. 'Het is de kortste weg naar het dal, en ook de mooiste wanneer de maan schijnt.'
Hij streek een lucifertje af en stak zijn uitgedoofde pijp aan.
'Ben jij over de Ponte Dei Amanti gekomen?'
'Ja,' zei Mario.
'Zie je wel, jullie bent elkaar misgelopen.'
Het gehuil van de hond veranderde opeens in een kwaadaardig geblaf en allen hoorden ze nu op de weg de voetstappen die vlug dichterbij kwamen en op een drafje het huis naderden.
'Iemand die haast heeft,' merkte Emilio droog op.
Alle hoofden keerden zich naar de deur, die plots werd opengeworpen. Op de drempel verscheen Elena, een tikje bleek en buiten adem. Zij kwam niet verder de kamer in en langs haar heen trok de pijperook langzaam naar buiten. Haar blik ontmoette die van Mario en ze bleef hem met grote, verdwaasde ogen aanstaren. Ze zag er schrikwekkend vreemd uit, alsof ze wou gaan glimlachen om iets dat zij alleen zag, in de ogen van Mario en àchter hem op de witte gekalkte muur, waarnaar ze vervolgens keek. Maar de glimlach bereikte haar ogen niet. Haar ogen hadden een ongewone uitdrukking, die deed denken aan pijn en geluk tegelijk, aan de blik van sommige martelaars op heiligenprentjes.
Toen ze daar zo bleef staan, onbeweeglijk en als in vervoering, richtte Pippo zich eindelijk op:
'Wat is er gebeurd? Je doet zo vreemd. Ben je van iets geschrokken?'
Zijn woorden drongen niet tot haar door. Haar hoofd-

doek was afgegleden en lag op haar schouders. Het was benauwend stil in de kamer.

'Blijf daar toch niet staan, doe de deur dicht!' riep Lucia haar ongeduldig toe.

Traag en afwezig voldeed het meisje aan dit verzoek. Mario, die intussen eveneens was opgestaan, ging op haar af en vatte haar bij de hand:

'Ben je ziek, Elena?'

Ze trok zacht haar hand terug en schudde ontkennend het hoofd.

'Maar spreek dan toch: wat heb je?' viel Lucia boos uit.

'Ze heeft te lang naar de volle maan gekeken,' meende Emilio. 'Je weet dat het maanlicht iemands zinnen kan verwarren.'

'Men zou zweren, dat ze de duivel gezien heeft,' zei Marta op haar beurt, terwijl ze met een bezwerend gebaar het crucifix van de rozenkrans aan haar borst drukte.

Elena scheen uit haar verdoving te ontwaken. Ze ging op de stoel zitten die Mario had aangeschoven en opeens overstroomde haar de werkelijkheid: de lamp als een grote verlichte paddestoel, de wijnvlekken op het tafelblad, de bekende gezichten en het vertrouwde geluid van de stemmen die bij deze gezichten hoorden, en op de achtergrond de kachel en de schommelstoel en de bladders op de gekalkte muur. Ze liet haar ogen langzaam in de kamer rondgaan, zoals iemand doet die pas van een verre, jarenlange reis in zijn oude omgeving is teruggekeerd. En toen, terwijl allen haar vol nieuwsgierige verwachting aankeken, zei ze bedaard:

'Ik heb de Madonna gezien.'

Pippo nam met een ruk de pijp uit zijn mond. Zich vooroverbuigend, vroeg hij met schorre stem:
'De Madonna, zeg je? Waar heb je Haar gezien?'
'In de kerk,' antwoordde Elena rustig en staarde dromerig voor zich uit. 'Ze was mooi, ik zag nooit iemand die zo mooi was. Eigenlijk had ik me Haar heel anders voorgesteld.'
Emilio Fugazza staarde nadenkend in de kop van zijn pijp, hij zag het smeulende rode vuur en toen hij opkeek, merkte hij eenzelfde gloed in Elena's ogen op.
'Ik zei het immers, zij is van haar zinnen beroofd,' mompelde hij en krabde zich met de steel van zijn pijp in de nek.
Niemand van de anderen zei wat en Elena vervolgde: 'Ze zat midden in een groot licht, niet als een levend wezen, maar als een witte wolk waar de zon achter uitstraalt. Het licht zelf was bij niets te vergelijken dat op de aarde bestaat, het was veel mooier dan het licht dat 's morgens van de bergen komt, wanneer de zon opgaat. En alles aan Haar was ongelooflijk wit en stralend en bovendien zo onwezenlijk, dat ik dacht dat men sterven kon door er naar te kijken, ja alleen maar door er naar te kijken.'
De Santini's, de Fugazza's en Mario Costello zaten haar met open monden aan te zien, hun verbazing nam bij ieder woord en na iedere zin toe, en toen zij dat alles gehoord hadden, geloofden ze haar. Zij waren ervan overtuigd dat niemand zoiets kon verzinnen en de hevige ontroering, die op dit ogenblik hen allen beving, maakte dat zij naar het meisje keken alsof zij zelf een bovennatuurlijke verschijning was, een kleine wondere madonna die, omstraald door het licht van de huislamp, met dromerige blik en in de schoot gevouwen handen vóór hen zat.

'Hoe was Ze dan? Je zei dat Ze zo mooi was. Zag je Haar ogen?' fluisterde Marta met bevende onderlip.
'Ik heb er niet speciaal op gelet,' zei Elena. 'Het is ook moeilijk om dit onder woorden te brengen; je moet Haar zelf gezien hebben om te weten hoe Ze er uitzag.'
'Had Ze een buil, zoals het beeld?' wou Pippo weten. De ogen puilden uit zijn hoofd en hij bewoog onrustig zijn schouderbladen, alsof hij jeuk op de rug had.
'Ik geloof het wel. Maar dat hindert niet: Ze was mooi.'
Lucia Santini had nog geen woord kunnen uitbrengen, zozeer was ze onder de indruk. Ze deed niet wat de moeder van het besmette meisje indertijd gedaan had, ze viel niet op de knieën neer en ook vergat zij de Madonna bubbonica te danken. Misschien kwam ze daar niet aan toe, omdat ze aan haar dochter geen enkel duidelijk waarneembaar uiterlijk teken van genade zag, zoals de verdwenen tyfusvlekken bij dat andere meisje. Zij zat in elk geval als van Gods hand geslagen, eerst geloofde ze het niet en daarna toch weer, en ten slotte welden de tranen in haar ogen op. Ze wist waarachtig niet, of ze trots of dankbaar of alleen maar gelukkig moest zijn, en omdat ze dat niet wist, raakte ze in grote opwinding en brak ze na een tijdje in een soort vertederd klaaggeschrei uit.
'Angelo benedetto! Nu pas dringt het tot me door. Elena, meisjelief, is het waar wat je ons vertelt: heb je Haar werkelijk gezien? Heb je de Madonna met de Buil gezien? Je hebt toch niet te lang naar de maan gekeken? Voel je je goed? Santa Maria, ik hoop dat je ons geen leugens wijsmaakt...'
'Sta'zitto, houd je snater!' beet Pippo haar toe.

'Waarom zou ze liegen? Omhels haar liever, je vergeet dat het een grote eer is voor ons allen.'
Werktuiglijk wierp Lucia zich in de armen van haar dochter, streek haar liefkozend over de haren en herhaalde voortdurend hetzelfde: 'jij zult vast nog in de heiligenkalender komen.'
Pippo en Emilio keken zwijgend toe en knaagden met hun sterke bevertanden op het mondstuk van hun uitgebrande pijpen. Mario zei nog altijd niets; hij sloeg ieder afzonderlijk met stille verwondering gade, het langst echter rustte zijn blik op Elena's dromerige, glimlachende gezicht. Maar telkens als zij naar hem keek en probeerde zijn blik op te vangen, sloeg hij de ogen neer, hij wist niet waarom, bijna alsof hij zich schaamde verloofd te zijn met een meisje aan wie de Madonna verschenen was.
Toen kwam Emilio, die de uiteinden van zijn rosse knevel tussen de vingers had zitten opdraaien, met een onverwachte vraag voor de dag. Hij sprak met een voor hem ongewoon hartstochtelijke stem, als iemand die het licht van de openbaring gevonden heeft doch zichzelf nog niet helemaal bevrijd weet van een drukkende gewetensschuld:
'Elena, heeft Ze jou niet toegesproken? Heb je geen boodschap van Haar ontvangen?'
Elena voegde langzaam de handen samen. De nieuwsgierige blikken die op haar gericht waren schenen haar niet te verontrusten.
'Ja, het is waar,' zei ze toen, 'Ze heeft me ook toegesproken.'
Lucia en Marta slaakten terzelfdertijd een kreet van verrassing.
'Grote genade, waarom heb je dat verzwegen?'

'Wàt zei Ze?'
'Mocht je 't niet bekendmaken?'
Pippo sloeg met de vuist op tafel: 'In nome di Dio, hoe wil je nu dat ze 't vertelt, als je haar niet laat uitpraten?'
Elena sloot de ogen, als om haar gedachten te verzamelen, en toen ze ze weer opende was het stil om haar heen.
'Ja, ik hoor het nog zeer duidelijk: dit is de dag van je grootvader, maar vergeet niet dat het overmorgen jouw dag is. Dat zei Ze. Eerst begreep ik Haar niet, maar later wist ik wat Ze bedoelde.'
Ze wierp een vlugge, verstolen blik om zich heen en zag de ontstelde gezichten en toen vloeiden de vele schaduwen samen en kwamen over haar als één donkerte. Ze hoorde de verbaasde en opgewonden uitroepen, maar ze verstond niet wat er gezegd werd. Iemand beroerde zachtjes haar schouder en ze kromp ineen, als had deze aanraking haar pijn gedaan.
Ze dacht: ik hoor Mario niet – waarom zegt hij niets? Ze had het gevoel, alsof hij in de kamer niet meer aanwezig was en ze sloeg haastig de ogen op. De donkerte scheurde open en ze zag hem. Hij stond haar aan te kijken, maar het viel haar op dat hij niet lachte en ook dat hij niet zo gelukkig leek als zij verwacht had.

IV

Evenals het smeltwater, dat in het voorjaar zijn weg zoekt van de bergen naar het dal en met zijn ononderbroken gemurmel de slaap van de dorpsbewoners verstoort, had het gerucht van de nieuwe wonderbare verschijning zich in het midden van de nacht in Romiliano verbreid. Het dal ontwaakte, vele ramen waren verlicht en op de wegen en in de nauwe door de maan beschaduwde straten van het dorp groeide de onrustige beweging aan van mensen die bij het begin van een grote opwindende gebeurtenis samenkomen. Als wormen die het vermolmde hout verlaten kwamen zij uit de huizen te voorschijn en verzamelden ze zich weldra in een stille optocht die naar de kerk toestroomde.

De Madonna achter het smeedijzeren koorhek ontving hen met een milde glimlach en uitnodigend gespreide armen. Het koor was als op een hoogdag feestelijk verlicht door de gloed van talloze kaarsen in de offerblakers en de voeten van het beeld verdwenen in een wolk van geurige bloemen, die bedevaartgangers de vorige dagen hadden neergelegd. Glanzend beschenen door al deze stralende witheid waren de opgeheven gezichten van de mannen en vrouwen die op de granito-vloer onder de opgehangen exvoto's knielden, zeer zacht de lippen bewegend, de handen om de spijlen van het hek. In het kerkportaal zwol voortdurend het gedruis van de schuifelende voeten aan, het was alsof buiten een windvlaag was opgestoken die een hoop dorre bladeren en papier en stof ritselend door de open poort naar binnen joeg en ze in het middenschip wild deed ronddwarrelen.

Zodra de sagrestano de toeloop bemerkte, herinnerde hij zich wat zich enkele jaren tevoren bij de eerste verschijning had voorgedaan en haastte hij zich om het koorhek te sluiten. Maar toen hij zag dat de intocht in de kerk onverminderd voortduurde en het hek voor de tweede maal onder de druk van het in de dwarsbeuk opeengedrongen volk dreigde te bezwijken, werd hij door een plotse schrik bevangen. De hartstochtelijke verering en dweepzieke vervoering die hij daarenboven van hun gezichten aflas maakten hem nog banger dan hij al was. Na een wanhopige en vruchteloze poging om de toestand meester te worden door de poort te grendelen, liet hij een telegram naar Reggio d'Ilfonso verzenden, waarin hij de curato dringend verzocht dadelijk te willen terugkeren.

Twee uren later kwam de curato in een door een slaperige vetturino gemend huurrijtuig in het dorp aan. De oleanderboom op het plein vóór de kerk stond met verlakte bladeren in de heldere maannacht. Toen hij uitstapte en de samengeschoolde menigte zag en naderhand ook enkele woorden uit de drukke gesprekken opving, begreep hij ogenblikkelijk wat er gaande was. Van de sagrestano, die hem met een hulpeloze blik in de sacristie opwachtte, vernam hij even later de werkelijke toedracht.

De curato, een bejaard man met een starre ondoorgrondelijke blik en norse mondhoeken, wist meteen waar het op stond. Hij ontdeed zich van zijn mantel, stroopte de mouwen van zijn soutane op en verdween langs de deur die toegang verleende tot het priesterkoor. De sagrestano hoorde hem het volk toespreken; zijn stem klonk laag, rustig en vol zelfvertrouwen. Hij noemde hen de pelgrims van de duisternis, waarschuwde hen voor de dwalingen van het lichtvaardige geloof en bezwoer hen ten slotte naar huis terug te keren en de komende dag af te wachten. Het moet wel zó gegaan zijn, dat allen die achter het hek opdrongen hem stilzwijgend aanhoorden en vol schaam-

te het hoofd bogen en gehoorzaam weggingen, want spoedig daarop vertoonde hij zich weer in de sacristie en zei: 'Sluit nu de poort maar, zodat ze niet weer naar binnen komen.' Hij zei dit terloops, alsof hij alleen eventjes weggegaan was om zijn handen te wassen.
Toen de dag aanbrak, begaf de curato zich op weg. Onder de arm droeg hij een langwerpig pakje. Hij ging het dorp door, wandelde zonder zich al te zeer te haasten de via di Salvatore op en bereikte na korte tijd het huis van de Santini's. Zoals hij verwacht had heerste ook hier een ongewone drukte. Mensen, die hij nog nooit gezien had en die blijkbaar uit de omliggende dorpen waren overgekomen, verdrongen zich nieuwsgierig bij de vooringang, in de hoop een glimp op te vangen van het begenadigde meisje. Enkele vrouwen van druivenplukkers uit de omgeving liepen snaterend en druk gebarend van het huis weg, hun gezichten vaal in de morgenschemering. Toen ze de curato het erf zagen opgaan, bleven ze een ogenblik stilstaan en maakten vervolgens rechtsomkeert, op enige afstand achter hem aan.
In de huiskamer van de Santini's was de lamp gedurende de ganse nacht blijven branden. Om de tafel zaten, geeuwend en slaapdronken, een tiental mensen bijeen. Onder hen bevonden zich, behalve de Fugazza's en de slotenmaker met zijn zoon, de hoefsmid Leonzi en de gezusters Serafini met hun scherpe aasgiergezichten, die ervoor bekend waren dat ze alleen op lijkgeuren afgingen. Te midden van dit dommelige gezelschap zat het meisje Elena, het middelpunt van alle gesprekken. Ze bad samen met Marta Fugazza de rozenkrans en hield fiks het hoofd opgericht in een poging om haar slaap te overwinnen. Toen ze de

curato bemerkte, schrok ze eventjes. Doch deze ging, zonder acht te geven op haar of op iemand van de andere aanwezigen, dadelijk op Lucia en Pippo af. Nadat hij hun zijn rouwbeklag betuigd en hun moed had ingesproken, overhandigde hij Lucia het pakje dat hij onder de arm droeg en zei, zonder ook maar één enkele toespeling te maken op de jongste gebeurtenis: 'ik heb je enkele kaarsen meegebracht en een fiooltje met wijwater.' Voordat Lucia de gelegenheid had om hem hiervoor te bedanken, verklaarde hij dat zijn bezoek in de eerste plaats de overledene betrof. Hij verstond de kunst om zijn woorden op zulke wijze te kiezen, dat ook datgene wat hij verzweeg onder woorden gebracht werd, en de Santini's begrepen dat hij de vecchione een laatste groet wilde brengen, en verder begrepen zij ook dat hij, zonder het uitdrukkelijk te verwoorden, bedoeld had: 'maar ook de levenden komen aan de beurt.'
Pippo vergezelde hem naar de alkoofkamer en zonderde zich eerbiedig op de achtergrond af. Bij het flakkerende schijnsel van het bijna geheel weggesmolten stompje kaars knielde de priester voor het lijk van de oude man neer. Pippo zag dat er een gat was in een van zijn schoenzolen.
Na een paar minuten richtte de curato zich op, streek met de wijsvinger zijn borstelige wenkbrauwen glad en verzocht Pippo, met een stem die geen tegenspraak duldde, Elena te willen halen. 'Ik wil met haar onder vier ogen spreken,' zei hij. En alhoewel hij duidelijk 'onder vier ogen' gezegd had, leed het ook nu geen twijfel dat hij 'onder zes ogen' bedoelde; waardoor hij tevens op de gesloten ogen van de oude zinspeelde.

'Tot uw dienst, signore parroco,' zei Pippo en verliet haastig het vertrek.

Er verliep enige tijd alvorens Elena aarzelend binnenkwam. De curato richtte zijn koele, ondoorgrondelijke blik op haar en beval haar met een enkel kort krampje van zijn wijsvinger dichterbij te komen. Toen ze vlak vóór hem stond, sloeg ze de ogen neer. De kaarsvlam knetterde. Hun schaduwen stonden hoog op de muur tegenover de alkoof.

'Je hebt een mooi verhaaltje verzonnen,' zei de curato, haar op doordringende wijze aankijkend. 'Weet je dan niet, dat je de Madonna een vreselijke smaad hebt toegebracht die door niets meer kan uitgewist worden, tenzij door een herroeping van je leugenachtige onzin?'

'Waarom zegt u dat, signore parroco? Ik heb niets verzonnen,' antwoordde Elena rustig.

Ze keek langs hem naar haar eigen schaduw op de muur; haar hoofd was geweldig groot en had een vage bijschaduw.

'Durf je me niet aankijken?'

Ze zag hem dadelijk vrijmoedig in het gezicht en het viel hem op, dat ze dezelfde waterig groene ogen als haar vader had, muskadelogen.

'Wàt heb je eigenlijk gehoord? Kun je de woorden herhalen?' vroeg hij, de ogen onafgewend op haar gevestigd.

Ze beet op haar vingernagels en eerst scheen het, of ze niet wilde antwoorden. Maar toen, na een korte weifeling, herhaalde ze op haast onverschillige toon de woorden die ze sedert haar thuiskomst al wel twintig keren had uitgesproken: 'Dit is de dag van je grootvader, maar vergeet niet dat het overmorgen jouw dag is.'

De curato liet het hoofd op de borst zinken en bleef haar zo aankijken.

'Sprak Ze Italiaans, of Latijn?'

'Italiaans. Zo Ze Latijn gesproken had, zou ik Haar zeker niet begrepen hebben.'

'Had Ze een blauwe of een witte mantel aan?'

'Daar heb ik niet op gelet. Ik herinner me dat Ze helemaal wit was, en glanzend, ongeveer zó als een wolk waar de zon achter uitstraalt. Maar of Ze een mantel aanhad, weet ik niet.'

Hij nam haar gedurende enkele seconden zwijgend op en stelde haar nadien nog allerlei andere vragen, onder meer of ze na de verschijning geen hoofdpijn had gehad en of de Madonna zich bij name had bekendgemaakt. Haar onbevangen, doch beheerste antwoorden maakten op hem een diepere indruk dan hij liet blijken. Over de buil vroeg hij haar niets en dat verwonderde haar enigszins, maar ze liet zich zelf ook niet uit.

Ten slotte bromde hij wat voor zich uit en hierdoor wist ze dat ze aan het einde van het verhoor gekomen waren.

'Elena,' zei hij, 'durf je op het hoofd van je grootvader zweren dat je me de waarheid verteld hebt? Dùrf je dat, hiér, in deze kamer? Durf je zweren op het kruis?'

Ze gluurde naar de alkoof, waar de dode lag, de oude man met zijn mager, gegroefd en gerimpeld gezicht als een te hard gebakken steen die gebarsten was. Ze hield de adem in en maakte een schuwe beweging.

'Durf je niet?' zei hij weer, met onverbiddelijke uitdaging.

Ze ging sleepvoetend naar het hok onder de trap.

Haar sandalen knarsten alsof ze over bevroren sneeuw liep. De medalje op Giulio's borst glinsterde in het bewegende schijnsel. Maar Elena schonk geen aandacht aan de zilveren onderscheiding; haar blik rustte op het koperen crucifix tussen de vingers van de dode. Ze staarde er lange tijd naar, de vermoeienis van de ganse slapeloze nacht kwam op dat éne ogenblik over haar. De hand, waarmee ze het kruis aanraakte, beefde lichtjes.

'Ik zweer het,' fluisterde ze.

De curato schraapte de keel.

'Wàt zweer je?' vroeg hij met luide stem.

'Dat ik de waarheid gezegd heb,' vulde ze zwakjes aan.

Ze trok vlug haar hand terug en keerde zich half om. De kaars brandde knisterend in de stilte voort, ze brandde er een zwart gat in, een kleine donkere schroeivlek in de eeuwigheid waar de vecchione voortaan deel van uitmaakte.

'Ik zal je morgen trouwen,' besloot de curato opeens. 'Niet omdat ik je geloof, maar omdat het voor mij geen verschil maakt. Doch denk er om, dat je nageslacht tot op het einde van de dagen vervloekt zou kunnen zijn. Een vals getuige zal niet onschuldig zijn en die leugens blaast zal vergaan. Ik geef je deze woorden van Salomo in overweging...'

Hij knipte met de vingers en ze had het gevoel, alsof hij achter haar rug een knipmes sloot. Ze verroerde zich niet en gaf hem geen antwoord. In het aangrenzende vertrek geeuwde iemand luidruchtig.

V

De dag, waar Elena zich vol ongeduld en niet zonder bezwaard gemoed op voorbereid had, was zonder nevel gerezen boven het dal. En toen de wieders en wiedsters zoals iedere ochtend lachend en zingend de wijnberg bestegen, was de hemel al hoog en blauw geworden. Elena zag hierin een gelukkig voorteken. De wijnbouwers had zij dikwijls horen zeggen, dat een dag die zonder wolken begon niet zonder regen eindigen zou – maar zij had haar eigen geloof en dit was eenvoudig genoeg: het zei haar, dat God de hemel en aarde geschapen had, maar dat Hij het aan de mensen zelf had overgelaten om hun eigen geluk te bewerken. Zij was de waarschuwing van de curato niet vergeten, maar daar wou ze nu liefst niet aan denken. Dit was de dag die speciaal voor haar gemaakt was, die de oude man haar had willen ontnemen uit vrees dat anders de aandacht van zijn sterven zou worden afgeleid.

Ze wendde zich van het venster af en bewonderde voor de laatste maal zichzelf in de spiegel, streek vol vertedering over het glanzende satijn van haar japon en bestudeerde haar eigen glimlach. De zilveren vlinders op het corsage spreidden de vleugels uit en schenen naar de als een fraaie bloemkroon opstaande kraag te willen opvliegen. Een zonnestraal schoof over de licht bewaasde spiegel, weerscheen in de geslepen bovenrand en omschitterde haar keurig opgemaakte kapsel als een parelmoeren diadeem. Ze ging een paar passen achteruit en vond zichzelf adembenemend mooi en op dat ogenblik wist ze, dat Mario nooit naar een ander meisje zou kunnen verlangen.

Gesterkt door die gedachte ging ze de trap af; de sleep van haar japon ruiste langs de muur en over de treden. Beneden, aan de voet van de trap, werd ze door haar vader en moeder opgewacht. Pippo had zijn beste pak aan, dat een beetje trok onder de armen. Op zijn kin had het scheermes een bloedige snede achtergelaten, die hij voortdurend betastte.

'Drommels, wat ben je mooi,' zei hij, haar van het hoofd tot de voeten opnemend. 'Alsof het daarmee niet volstond, heeft de Madonna jou ook nog met schoonheid gezegend...'

Lucia, die in het zwart gekleed was en met een ruikertje lelietjes van dalen op haar boezem geurde, duwde hem ongeduldig op zij. 'Begin jij nu al redevoeringen te houden?' mopperde ze, en zich tot Elena wendend: 'Ben je eindelijk klaar? Mario is er al.'

Elena glimlachte flauw. Al wat ze zoëven gedacht en gevoeld had, toen ze nog op haar kamer was, scheen op dit ogenblik geen zin meer te hebben. Terwijl ze, gevolgd door haar ouders, voorbij de alkoof liep, merkte ze tot haar opluchting dat iemand de gordijnen ervan gesloten had. Ze wist dat de oude man haar nu niet kon zien voorbijgaan, dat hij zijn zware kurken oogleden niet heimelijk kon oplichten om haar na te kijken en misschien op het laatste ogenblik nog datgene te verhinderen, waarvoor hij met opzet een paar dagen vroeger gestorven was.

In de huiskamer bedwelmde haar de vreemde witheid, die haar van overal tegemoet schemerde: de ruiker in Mario's hand, Mario's smetteloze boord, de witte hoezen over de ladenkast en de schommelstoel. Ze vocht even met gesloten ogen tegen deze overweldigende witheid, die haar waarschijnlijk zo bijzonder

trof, omdat ze niet vergeten kon dat dit alles in de plaats gekomen was voor het voorziene rouwfloers.
Mario omhelsde haar. Ze legde haar wang tegen de zijne en keek over zijn schouder in het zelfgenoegzame gezicht van Emilio Fugazza, die zich bereid had verklaard om als haar getuige op te treden. Ook de slotenmaker en de hoefsmid Leonzi, Mario's getuige, waren aanwezig. De Santini's hadden, met het oog op de rouw om Giulio, besloten om het huwelijk zonder enige ruchtbaarheid of plechtig vertoon te laten doorgaan en daarom hadden zij, behalve de verweduwde vader van de bruidegom en de wederzijdse getuigen, niemand genodigd.
Emilio beukte met de vuist op een denkbeeldige, gesloten deur en riep uitbundig vrolijk uit: 'Evviva la sposa!' Maar de juichkreet stierf op zijn lippen en zijn gezicht trok zich in kleine rimpeltjes samen, want iedereen zag hem verbaasd aan. Hij had blijkbaar niet meer aan de oude man gedacht. Om zich een houding te geven, draaide hij de punten van zijn gepommadeerde knevel op en stiet de slotenmaker aan: 'Wanneer kom jij nu met je verrassing voor de dag? Je hebt toch zeker ook geen bruiloftsdicht geschreven?'
Elena hoorde de vraag, ze keek haar toekomstige schoonvader nieuwsgierig aan en deze beantwoordde haar blik met een geruststellend knipoogje. Hij zei niets, klopte evenwel veelbetekenend op zijn binnenzak.
Zij keek gauw een andere richting uit, voelde zich ongemakkelijk en wist helemaal niet meer hoe zich te gedragen. De vloer deinde onder haar voeten en een naar voorgevoel wierp een schaduw op de roekeloze blijdschap die ze in zichzelf vruchteloos stond aan te

blazen. Ze kneep stevig in de ruiker en voelde hoe ze de tere bloemstengels tussen haar vingers knakte. Iemand zei: 'Elena heeft het te kwaad.' Het beroerde gevoel ging weldra over, haar hoofd verhelderde en ze keerde zich naar haar moeder om:
'Waar wachten we eigenlijk op?'
'Op de calèche,' zei Lucia. 'We hebben er toch maar een besteld, je vader drong er op aan. Maar het ziet er naar uit, dat die vadsige vetturino zich verslapen heeft.'
Ze zei dit op enigszins verontschuldigende toon, alsof dit alles op het uiterste ogenblik nog gauw geregeld was en vermoedelijk was dit ook zo.
Bijna terzelfdertijd gaf Pippo zijn dochter een zachte por in de rug en zei trots:
'Kijk eens naar buiten. Heb je ooit zo'n belangstelling voor een stel trouwers gezien? We zullen het erf nog moeten laten afsluiten. Je bent een beroemdheid, zie je wel? Ik heb horen zeggen, dat zelfs heel wat nieuwsgierigen uit Streppo en Reggio d'Ilfonso zijn overgekomen om de bruiloft te zien van Elena Santini, je weet wel, het meisje aan wie de Madonna bubbonica verschenen is...'
Elena wierp een schuwe blik door het raam en zag dat het erf zwart zag van de mensen. Haar gedachten stonden bij het toespraakje van haar vader stil en voornamelijk deze éne zin verliet haar niet: Elena Santini, je weet wel, het meisje aan wie de Madonna bubbonica verschenen is... En toen dacht ze weer: een beroemdheid, ik ben een beroemdheid. Ze begreep niet wat haar overkwam: het maakte haar niet blij, ze had integendeel kunnen gaan huilen. Misschien kwam dat door dat akelige voorgevoel.

'Elena, cara mia...'
Ze schrikte uit haar overpeinzingen op en glimlachte werktuiglijk.
'Mario...?'
'Ik wil je spreken,' fluisterde hij.
Vooraleer ze begreep wat hij eigenlijk precies van haar wou, nam hij haar bij de arm en duwde hij haar zachtjes voor zich uit in de richting van de keuken.
Ze vroeg hem niets en ging willoos met hem mee. Hij sloot de deur achter hen. De stemmen van de gasten klonken opeens vaag en ver weg en zij ontwaakte uit de vreemde onwerkelijkheid, waarin deze dag voor haar begonnen was. Zonder veel moeite kon ze opeens de dingen in hun natuurlijk verband en in hun wezenlijke verhouding tot de omgeving onderscheiden. Ze zag de gleizen kopjes, de borden met melisbrood en dunne sneetjes sukadekoek die op de keukentafel klaarstonden en, vlak bij haar, de afgetelde messen en vorken op een handdoek.
Mario nam de ruiker van haar over en legde hem achter zich op het aanrecht neer. Ze keek vragend naar hem op en toen zij zijn handen naar de hare uitgestrekt zag en zijn smekende ogen op zich gericht voelde, wist ze wat haar te wachten stond.
'Elena, je hebt die geschiedenis toch niet verzonnen...?'
Sedert ze eergisterenavond van de kerk was weergekeerd, had hij hierover met haar nog niet gesproken en ze had gedacht dat hij haar geloofde. Maar ze zag de schaduw van achterdocht die zijn gezicht verduisterde en opeens werd het haar duidelijk, dat hij de hele tijd over het gebeurde had zitten piekeren.
'Heb je met de curato gesproken?' vroeg ze met samengeknepen lippen.

Hij schudde ontkennend het hoofd.
'Neen, maar je moet je mijn toestand eens indenken. Ik heb het gevoel alsof ik een soort heilige ga trouwen, een wezen dat boven alle aardse liefde verheven is. Begrijp je dat niet? Het is zo helemaal anders geworden.'
Ze staarde hem wezenloos aan, zijn mond ging open en dicht en ze hoorde het geluid van zijn woorden en ze zag ze ook, alsof het wezenlijke zichtbare dingen waren, geen klanken, maar beelden. En toen werd ze bang. Ze voelde zich weerloos tegen zijn rustige openhartigheid.
'Had je misschien liever dat ik zei, dat het niet waar was?' mompelde ze.
'Ik weet echt niet hoe ik het moet opvatten,' zuchtte hij.
'Het lijkt me al even moeilijk om een heilige te trouwen als een... een...'
'Wat bedoel je? Zeg het maar.'
Hij liet eindelijk haar handen los.
'Nou ja,' zei hij, 'een heiligschendster.'
Het bloed begon heftig aan haar slapen te kloppen en ze verbaasde zich er over, dat ze desondanks rustig kon doordenken. De woorden van de curato kwamen weer in haar geheugen: een vals getuige zal niet onschuldig zijn en die leugens blaast zal vergaan.
'Mario, je weet niet wat je zegt. Meen je dat ik...'
'Ik vroeg jou iets en je hebt me niet eens geantwoord,' onderbrak hij haar. 'Heb je de Madonna écht gezien en gehoord?'
Ze ontweek zijn blik, die wanhopig de hare zocht. In de woonkamer, achter de gesloten deur, verhief de hoefsmid zijn zware brommende stem. Ze had

eensklaps het gevoel alsof ze zat opgesloten in een benauwend klein kamertje, waarvan de zoldering langzaam omlaagkwam en op haar hoofd drukte.

'Misschien...,' zei ze aarzelend. 'Denk je dat ik het me zou kunnen verbeeld hebben?'

Ze wou weten hoe hij het opnam en begluurde hem van onder haar wimpers. Ze schrok van de vreemde uitdrukking in zijn ogen. Hij was tot bij het aanrecht teruggeweken en over een van zijn muizeoortjes viel een weerbarstige haarlok neer.

'Gesù Cristo, je hebt het waarachtig verzonnen,' bracht hij met moeite uit. 'Je hebt ons belogen, Elena.'

'Nee maar, wat overkomt jou? Laat me...'

'Je hebt ons belogen,' herhaalde hij zonder naar haar te luisteren. 'Je hebt een heilige naam misbruikt om je zin te krijgen, je vader en je moeder en mij heb je op schandelijke wijze misleid en zelfs de doden heb je niet ontzien, je eigen grootvader. Hoe heb je 't gedurfd?'

'Mario,' stamelde ze. 'Wat heb je toch? Niemand weet het, alleen jij...'

Zijn gezicht verschoof binnen de omtrek waarin ze het de hele tijd al gezien had en toen was het opeens geen gezicht meer. Het was een grote, schimmelgrijze zonnevlek die voor haar ogen op en neer danste. Ze had hem nog nooit zelfs maar ontstemd gezien en zijn onverwachte uitbarsting van woede verlamde haar.

'Ja, alleen ik weet het, en dat buiten mij ook God tegen jou kan getuigen schijnt je niet eens te hinderen!' ging hij op steeds heftiger toon voort. 'Je voelt je waarachtig nog veilig, nadat je op het kruis gezworen hebt, nadat je God gesmaad hebt en de nagedach-

tenis van je grootvader onteerd, meinedige die je bent!'
Zoals de pijn, die pas in een gepletterd lichaamsdeel opkomt na de eerste ogenblikken van verdoving, drong ook de betekenis van zijn woorden slechts na enige tijd tot haar door.
'Je hebt dus tóch met de curato gesproken?' zei ze.
Hij verwaardigde haar met geen antwoord, sloeg de handen voor het gelaat en steunde zachtjes:
'O Elena, hoe ben je zo laag gevallen?'
Op het erf steeg klepperend een duif op. Onwillekeurig werd haar blik naar het raam getrokken. De zoldering drukte steeds zwaarder op haar hoofd en ze hoopte dat het rijtuig gauw voorkwam, opdat alles zou kunnen voortgaan zoals het voorbeschikt was. Want ze geloofde nog altijd dat ook dit vreselijke tussenspel niets zou kunnen veranderen aan de richting en de loop van het door haar zelf bezworen lot.
Toen hij even later de handen van zijn gelaat wegnam, scheen het haar toe, dat hij een besluit genomen had.
'Vandaag is het jouw dag, inderdààd,' zei hij, 'maar ik hoop dat je tenminste zo verstandig bent om in te zien, dat deze dag jou niet de vervulling van je verwachtingen zal brengen. Dit is geen begin, maar een einde, Elena.'
Hij streek met bevende handen de weerbarstige haarlok achterover en vervolgde:
'Je hebt mij geschandvlekt, je hebt jezelf en je hele familie in opspraak gebracht en zelfs zo je bereid bent je onzalige leugens openlijk te herroepen, kan je dit alles niet meer goedmaken. Iedereen zal jou met de vinger nawijzen, je zult bespuwd en veracht en verstoten worden en nooit zal je er in slagen de schande

uit te wissen. Het is best mogelijk dat Gods ongenade jou heel je leven zal vervolgen. Op het hoofd van je kinderen en van gans je nageslacht zal een vloek rusten en niets van wat je doet zal jou aangerekend worden. Had je daar dan niet over nagedacht?'

Ze zag hem sprakeloos aan. Hij stond nog steeds met zijn rug tegen het aanrecht; zijn handen zochten achterwaarts steun op de rand van de zinken plaat. Al wat hij zei schokte haar diep, maar toch kon ze niet geloven dat zijn besluit onherroepelijk was. Ze dacht dat hij haar bang wilde maken, dat hij haar van zich wilde afstoten om haar nadien des te grootmoediger te kunnen vergeven, en daarom zei ze met wanhopige aandrang:

'Ik heb maar over één ding nagedacht: over onze liefde, Mario. Zal je mij nu verstoten, omdat ik uit verlangen naar jou mijn zaligheid opofferde?'

'Een onvervuld verlangen onderhoudt de liefde, maar een leugen vernietigt ze,' zei hij.

Ze voelde zijn ongenaakbaarheid en opeens haatte ze hem, met dezelfde redeloze en onbedwingbare haat die de vecchione haar te voren had ingeboezemd, toen deze onder het luifeldak lag te zieltogen en in het aanschijn van de naderende dood niet meer dacht aan de toekomst van degenen die hem zouden overleven. Haar vrees verging en ze voelde een koortsige warmte in zich opstijgen.

'Ik dacht dat jij een man was, maar je bent een zielige lafaard,' zei ze schor. 'Je bent bang voor kletspraatjes, je durft je eigen geluk niet grijpen, daar ben je te slap en te lummelig voor.'

De bitterheid en de wrok en de smart om de vernedering welden in haar op als iets dat zich lange tijd in

haar hart verzameld had en nu plots een uitweg vond: toen ze merkte dat haar woorden hem wel verrasten doch niet krenkten, ontlaadden al haar gevoelens zich in een verschrikkelijke woede. Haar aangezicht gloeide en haar hersenen schenen op te zwellen onder de drukkende heftigheid van vele verwarde gedachten. Eén enkele gedachte maakte zich uit dit kluwen los en begon in haar hoofd rond te draaien als een vuurrode kring, een brandend kermisrad.
Met vlugge hand greep ze toe. Ze zag het wit van de handdoek en de staalblauwe glans van de messen en vorken en ze hoorde het rinkelen van het gerei. Haar hoofd bonsde tegen een harde, ruwe stilte aan als tegen een muur.
'Elena!' riep hij geschrokken uit.
In zijn ogen verscheen een uitdrukking van ongelovige verbazing. Hij bleef roerloos staan, de rug tegen het aanrecht, en deed geen enkele poging om haar af te weren. Met onbeheerste kracht stiet zij het mes in zijn borst.
'Als je mij niet wil hebben, zal je ook geen andere hebben!' gilde ze luid, alsof ze iemand moest overschreeuwen.
Er kwam geen geluid over zijn lippen, zijn ogen puilden glazig uit en hij zakte door de knieën zoals iemand die behoedzaam neerhurkt, het bovenlichaam opgericht. Zijn hand ging krachteloos omhoog, naar het hecht, doch viel dadelijk terug neer. Hij rolde op zijn zij, schuin over het aanrecht, de benen opgetrokken en de mond wijd open in ademnood.
Ze boog zich over hem met wazige aandacht en ze herkende hem niet. Haar lippen gingen langzaam vaneen en ze keek op hem neer als op iemand die ze

nog nooit gezien had. Zelfs zijn naam herinnerde ze zich niet, haar geheugen leek wel bevroren.

Achter zich hoorde ze de deurklink bewegen. De stem van haar moeder had een harde en scherpe klank, als van splijtend hout: 'Jullie maken toch geen ru...?' De stem stokte en sloeg over tot een kreet van afgrijzen.

Elena draaide zich niet om. Al wat nu gebeurde, gebeurde in een andere wereld, oneindig ver weg, achter de grens van haar bewustzijn. Een verward rumoer kwam op haar af, het schorre schreeuwen van mannen en het hoge angstige gillen van een vrouw en een wild getrappel als van een kudde opgedreven runderen die in haar richting naderde. Ze luisterde er naar met opgeheven hoofd, een straaltje zon flikkerde in de koperen braadpan boven het aanrecht en weerscheen in haar ogen. Ze boog het hoofd op zij met een wurgend gevoel in de keel, haar hand zocht steun op de rand van de tafel en zij gaf over op de gleizen kopjes en het bord met sukadekoek.

VI

Op het erf van de Santini's werd de steeds aangroeiende dreigende menigte door de carabinieri in bedwang gehouden. In de voorste rijen stonden de matrones van Romiliano en gaven met veel misbaar lucht aan hun verontwaardiging. Marta Fugazza, die zich helemaal vooraan bevond, kneep haar vosseoogjes dicht en zei: 'Ik had er een voorgevoel van, ik wist dat het verkeerd ging aflopen, zo'n kleine huichelaarster...' Achter haar drongen de gezusters Serafini op, hun aasgiergezichten waren donker gespannen

van nieuwsgierige verwachting en in hun magere, uitgerekte halzen was het onrustig kloppen van de slagader zichtbaar. Een van hen, de oudste, vroeg: 'Is hij dood?' Emilio's vrouw draaide en keerde als een krijsende windhaan in een opzettende storm: 'God zij dank, neen, dood is hij niet, maar ik twijfel er aan of hij het zal overleven. Zijn long is geraakt en hij heeft al wel een halve emmer bloed opgegeven. Wist je dat niet? Emilio was het eerst bij hem en hij heeft het allemaal gezien, het moet een vreselijk schouwspel geweest zijn, alles was met bloed bespat, de vloer en het aanrecht en de tafelpoten. Stel je zoiets maar eens voor. De arme jongen had niet eens het bewustzijn verloren, hij drong er altijd maar op aan om naar de kerk gebracht te worden, naar de Madonna. Ja, het zou me niet verbazen, zo hij ook nog vergiffenis wou afsmeken voor dat moorddadige nest...'
De omstanders hoorden dit relaas in ademloze spanning aan. Zij vielen haar af en toe met opgewonden jammerkreten of verraste uitroepen bij, doch verloren intussen geen seconde het huis uit het oog waar de gruwelijke gebeurtenis zich had voorgedaan. Op de weg stond de calèche, die onderwijl was aangekomen, verlaten. De paarden wierpen schichtig de kop achterover en deden de schelletjes aan de tomen tinkelen. Het was een onwaarschijnlijk vrolijk geluid in de beklemmend zware en drukkende morgen.
Toen Elena eindelijk in de deuropening verscheen, onder geleide van twee carabinieri, viel heel even een doodse stilte over het erf. Maar spoedig daarna steeg een oorverdovend gehuil en gejouw op, gebalde vuisten gingen de hoogte in en er kwam geen einde aan de uitbarstingen van woede en de kreten van wraakzucht.

'Bricconcella! Kleine heks!'
'Sacrilega! Heiligschendster!'
'Assassina!'
'Aan de galg met haar! Dalla forca! Dalla forca!'
Elena keek doodsbang in de verwrongen gezichten. Haar witte japon was bevlekt met bloedspatten en gedroogd braaksel. Op het ogenblik dat zij aarzelend de lage drempel afstapte, gehinderd door de sleep van haar bruidsjapon, begon de schaduw van een grote schuimige lentewolk het dal te verduisteren. Haar blik ging schuw omhoog, ze zag de zon achter de wolk schuilgaan en ze wist dat de wijnbouwers gelijk hadden, dat het menselijk geluk inderdaad aan voortekens gebonden was.
Een honende stem vlakbij haar deed haar opschrikken: 'Ja, kijk maar naar de hemel, misschien komt de Madonna je andermaal te hulp!' Ze kreeg een stomp op de schouder en iemand kraste als een oude papegaai: 'Vandaag is het jouw dag, bruid van de duivel!'
Ze trok het hoofd tussen de schouders in en liep, beschermd door de carabinieri, met bonzend hart het erf over. Het wilde gehuil, dat haar vervolgde op heel haar weg door de dichte menigte, zwol weldra aan tot een dierlijk geloei. Ze sloot de ogen om de boosaardige, driftige gezichten niet te moeten zien en zodra zij ze weer opende, zag ze de gladde paardelijven en de calèche met de kleurige papieren feestwimpels en toen trok een vreemde pijn, die ze nooit eerder ervaren had, haar hart samen. De zon brak weer door, straalde door het gebladerte van de olijfbomen langs de weg als door een kerkraam en bliksemde op de geweerlopen van de carabinieri.

Enkelen liepen scheldend en schimpend achter het gevankelijk weggevoerde meisje aan, maar de meesten bleven reikhalzend ter plaatse en wachtten vol ongeduld het moment af, waarop de deur weer zou opengaan en Mario Costello naar buiten gebracht worden. De gemoederen kwamen langzamerhand tot bedaren en de algemene afschuw en verontwaardiging gingen in een medelijdend gemompel over. Leonzi, de hoefsmid, die naderhand het huis verlaat, werd met nieuwsgierige vragen bestormd. 'Maakt plaats!' schreeuwde hij, zich met moeite een weg door het volk banend. 'Laat de doorgang in Gods naam vrij. We gaan hem naar de kerk brengen, hij wil de Madonna vergiffenis vragen. Waar is de vetturino?!'

'Hier!' antwoordde Morlacchi, de halfwassen koetsier, en stiet met zijn rijzweep de omstanders weg, die als een hoge muur zijn dwergachtige gestalte verborgen.

'Wil jij de jongen naar het plein voeren?' vroeg Leonzi hem.

De dwerg keek hulpeloos naar de forse smid op, krabde zich achter het oor en zei weifelend: 'Ik hoop dat hij mijn wagen niet bevuilt. Verliest hij veel bloed?'

Voordat hij echter een besluit had genomen, ging de deur open en werd de gewonde op een inderhaast uit twee gordijnroeden en een zeildoek samengestelde draagbaar naar buiten gebracht door zijn vader en één van zijn vrienden, de jonge snoeier Giovanni Portolani. De slotenmaker liep met gebogen hoofd en knikkende knieën. Hij was een gebroken man; uiterst moeizaam, strompelend sleepte hij zijn zoon en zichzelf voort tot bij het rijtuig en toen keerde hij zich af, door verdriet overstelpt.

Bereidwillige handen tilden Mario op en hesen hem voorzichtig in de bevlagde calèche, die hem en Elena naar de kerk had moeten brengen, maar die nu alleen hèm daarheen zou voeren, zonder bruid, zonder getuigen. Morlacchi keek met gefronst voorhoofd naar een rood druppeltje dat op de treeplank achterbleef. Hij spuwde in het zand en zei niets. Op een wenk van Portolani, die samen met de jonge Costello in de wagen plaats had genomen, klom hij op de bok en gaf met de teugels een licht klapje op de ruggen van de paarden.
'Lento! Guarda a voi!' riep Leonzi de dwerg toe.
'Zachtjes aan, hou je gemak!'
Langzaam zette het tweespan zich in beweging en terzelfdertijd stroomde de stilzwijgende, wachtende menigte naar de weg toe. Eerst liepen er slechts enkelen achter de zacht schommelende wagen aan, maar weldra volgden ook de overigen, de ene lettend op de andere, zoals bij het begin van een kerkelijke offerplechtigheid. Vooraan gingen de slotenmaker en de hoefsmid, onmiddellijk gevolgd door de Fugazza's en de gezusters Serafini, en achter hen kwamen de jongens en meisjes die de wijngaarden verlaten hadden, de matrones van Romiliano, de kwekers uit het dal met hun breedgerande strooien zonnehoeden, de mannen en vrouwen uit Reggio d'Ilfonso en uit het bergdorp Streppo. Het was een stille treurige optocht, die langs het zilverige groen van de olijfbomen naar de Ponte dei Amanti zwenkte. Het was een uitvaart zonder dode, een bruiloft zonder bruid.
Onderweg sloten zich af en toe nieuwe groepjes bij hen aan, waaronder een klein gezelschap van bedevaartgangers uit Torre del Greco, aangevoerd door

een magere benige vrouw met een zwarte ooglap. De paardebelletjes rinkelden als een schellenboom en het akeleiblauwe vaandel van de bedevaartgangers zwaaide boven de taxusheg uit. De opgebonden meirozen in de tuinen voor de huizen geurden als honing en de rozemarijnen staken hun witte bloemtrossen door de spalieren. De huizen en de tuinen en de bomen helden naar de dalkom af, waaruit de kerkspits als een glinsterende piek langzaam en steeds hoger en steiler boven de daken oprees.
Op de piazza, in de schaduw van de oleander, stond de kop van de stoet stil. De dwerg draaide zich op de bok om en keek zwijgend toe hoe Portolani en de hoefsmid de halfbewusteloze en zacht steunende gewonde van de wagen afsjouwden. Zij legden hem op het zeildoek neer en droegen hem, behoedzaam voortschrijdend, het schemerige kerkportaal in. De kwekers namen hun zonnehoeden af, de vrouwen haalden de rozenkransen te voorschijn en toen volgden allen op enige afstand de draagbaar en zwermden als gonzende bijen in de kerk uit.
Het hoofd van de curato verscheen boven het klapdeurtje van de mooie gebeeldhouwde biechtstoel en de sagrestano, die met een kaarsendomper uit de sacristie kwam, sloop met een ontsteld gezicht naar het koorhek en maakte het dicht. Emilio Fugazza liep op hem af en fluisterde hem tussen de spijlen door toe: 'Maak het open. Je hoeft niet bang te zijn, er zal niets gebeuren. Hij wil de Madonna alleen maar vergiffenis vragen.' De sagrestano aarzelde en zei: 'Dat kan hij net zo goed vóór het hek.' Terwijl hij dit zei, voelde hij een hand op zijn schouder. Achter hem stond de curato; bewegende schaduwen vloeiden als

donker water over zijn gezicht. Met rustige stem beval hij de sagrestano het hek te openen.

Even later lag Mario in het koor uitgestrekt, schuin onder het mirakuleuze albasten beeld. Zijn hoofd rustte op een brokaten knielkussen en zijn naar boven gekeerde handpalmen geleken op de bleke, verstarde gipshanden van de heiligen in de kooromgang. Van zijn mondhoek vloeide een straaltje bloed, dat onder zijn hemdkraag wegsijpelde.

Het volk drong zich achter het hek opeen. Helemaal vooraan, tegen de spijlen aangedrukt, stond de slotenmaker, wiens grote droevige ogen onbeweeglijk op de baar gericht waren. Hij weende niet en zijn lippen bewogen nauwelijks, maar zijn kaakspieren trilden van ingehouden smart en de knokkels van zijn handen, die de spijlen omklemden, waren wit. Misschien herinnerde hij zich op dat ogenblik, dat in zijn zak een lijkdicht voor Giulio Santini zat en in een andere zak een bruiloftsdicht voor zijn zoon en mogelijk begreep hij ten slotte, dat de gedachten en gevoelens die een mens aan het papier toevertrouwde zinloos en onwaar waren, omdat Gods onzichtbare hand er zijn eigen onuitwisbare woorden overheen schreef zodra Hij de tijd daartoe gekomen achtte.

Mario Costello ontwaakte uit een groene schemer, die als een droom zonder beelden was. Een geur van bittere bloemen en verwelkend loof omgaf hem en toen hij deze dieper wilde inademen, drong de pijn als een glasscherf in zijn borst. Eerst waande hij zich in de wijngaarden, op de groene hellingen dicht bij de hemel, dicht bij de hoogte en wijdte vol warm voorjaarslicht. En het eerste wat hij zag, toen hij de oogleden oplichtte, was inderdaad een zachte witte gloed die tussen zijn wimpers als een ster met lange, naaldfijne uitstralingen opensprong. Maar toen rook hij het gesmolten kaarsvet en iets dat op de weeë geur van wierook leek en langzaam opende hij verder de ogen. Hij zag de lichtkroon boven het hoofd van de Madonna bubbonica en hij zag het neergebogen rose gelaat met de milde glimlach en ten slotte zag hij ook de uitnodigend gespreide armen. Het beeld bewoog en werd levend voor zijn ogen, er ging een onredelijke schoonheid van uit die hem ontroerde en een verwonderlijk pijnloze liefde die hem gelukkig maakte. Want hij herinnerde zich vaag, dat er een liefde in zijn leven geweest was die hem pijn had gedaan en een schoonheid die hem had willen vernietigen en dus redelijk was. En zodra deze herinnering volledig bezit van hem genomen had, als een voorbije maar herlevende werkelijkheid, begreep hij wààr hij was en waaróm hij er was. Santa Maria, bad hij, zij heeft van Uw heilige en zuivere naam een leugen gemaakt; ik schaam me voor haar, neem deze smadelijke zonde van haar weg...

De woorden borrelden als luchtbellen uit zijn hart op en spatten uiteen voor ze zijn mond bereikten. Vol vertrouwen zag hij naar het beeld op, dat op een witte nevel van bloemen dreef, en toen viel zijn oog voor het eerst op de buil, het vreemde gezwel op het voorhoofd van de Madonna. Terwijl hij daarnaar keek, werden zijn zinnen verward door een visioen: de buil barstte open. Van de albasten schedel van de heilige droop een dikke, stroopachtige vloeistof af die halverwege stolde, als de trage drop van een kaars. Een onomvattelijk geluk overstroomde hem, toen hij dit zag. En dit geluk was heviger dan de pijn in zijn

lichaam, die er door verdoofd werd. Hij begreep onmiddellijk de betekenis van dit visioen: de etter, die door de buil werd afgescheiden, kon niets anders zijn dan het kwaad, de zonde, de onreinheid, door de overmacht van een oneindige liefde uitgedreven. - de Madonna had zichzelf gezuiverd van de smaad der bezoedeling. Hij wist dat Zij hem had aangehoord en hij glimlachte en zijn glimlach was niet droevig.
Marta Fugazza greep Emilio bij de arm.
'Kijk, hij glimlacht,' fluisterde ze.
'Ja, hij ijlt, dit is voorzeker het einde,' antwoordde Emilio met een stille hoofdknik.
Ook de slotenmaker en de hoefsmid en al degenen die zwijgend en in bange afwachting achter het hek stonden zagen Mario's glimlach. Zij hoopten dat eindelijk het wonder geschieden zou en onwillekeurig gleed hun blik hogerop, naar het roerloze beeld. Maar zij bemerkten niets ongewoons en ook zij geloofden dat dit het einde was, de glimlach van hen die het tweede leven ingaan. De curato knielde naast de draagbaar neer en veegde met een zakdoek het bloed uit de mondhoek van de druivenplukker weg. Er trad een wezenloze stilte in, als een wijd web onder het koorgewelf uitgespannen. De adem van de dood blies in het web en de schaduwen van de flakkerende kaarslichten dansten op de muur.
Het licht kwam als een weldoende warmte Mario's ziel in; hij steeg langs de groene hellingen naar de wijnberg op, de blauwe wolkeloze hemel tegemoet die nog nooit zo dichtbij geweest was.

De stemmer

Tobias Pylyser scheurde de brief, die hij met de morgenpost had ontvangen, met zijn lange scherpe pinknagel open. Hij had hem gauw doorgelezen, het waren maar een paar regeltjes, en voor hij hem weer opvouwde staarde hij enige tijd naar het blauwe wapen in de linkerbovenhoek. 'Slot Paddenberg,' mompelde hij, 'dit moet een vergissing zijn, ik ken daar niemand.' Hij schudde een paar keren het hoofd en het krulpennetje in zijn haar slingerde als een hanekam heen en weer. Toen greep hij naar de briefomslag die op zijn schoot was gevallen en las het adres: aan de heer L. Meyer, Hogemaststraat 18, Boseinderwijk.
Hij zat in gedachten verzonken, in de ene hand de brief met het wapen van slot Paddenberg en in de andere de slodderig opengescheurde omslag, en een tijdlang probeerde hij zich te herinneren, of hij de naam Meyer misschien ooit eerder gehoord had en in welk verband dit kon geweest zijn. Maar hij gaf het spoedig op, zich er van afmakend met de veronderstelling, dat de Meyer aan wie de brief gericht was één van de vorige huurders van het huis moest zijn. Deze was zeker een hele tijd geleden verhuisd of naar het buitenland uitgeweken of mogelijk was hij intussentijd gestorven.
Alhoewel deze redenering hem zeer aannemelijk scheen en hij dus ook verder niets meer te maken had met de hem onbekende heer L. Meyer, wierp hij de brief toch niet onmiddellijk weg. Hij keerde het blad

papier naar het licht toe en zocht vergeefs naar een watermerk. Het kwam hem ongewoon voor dat een graaf, die zich van briefpapier met een indrukwekkend adellijk wapen bediende, ook niet aan een passend watermerk zou gedacht hebben. Alsof hij hoopte de oplossing hiervoor in de inhoud van de brief zelf te vinden, las hij de in een sterk hellend handschrift gestelde en met bleke, verkleurde inkt geschreven mededeling nog eens over: 'Geachte heer, – Ik zou het ten zeerste op prijs stellen, indien u zich aanstaande woensdag omstreeks twee uur in de namiddag op het Slot wilde aandienen ten einde de oude vleugel nog eens te stemmen. – Met achting, – Graaf G. Rippelbach.'
Tobias kraste nadenkend met zijn chinese pinknagel over de armleuning van zijn zetel. Zo, die Meyer was dus een piano-stemmer. Hij herinnerde zich dat hij indertijd, toen hij nog bij het snibbige Joodse boekbindertje in de Tempelstraat inwoonde, eveneens gepoogd had wat bij te verdienen met het stemmen van piano's. Dat was een plezierig werkje geweest, de mensen bij wie hij kwam zagen hem voor een arme miskende kunstenaar aan en hij had het altijd heerlijk gevonden om voor de dweperige kostschoolmeisjes en de tot tranen toe bewogen kwezelachtige oude vrijsters het enige stukje ten gehore te brengen dat hij ooit geleerd had, La Prière d'une Vierge van Thekla Badarzewski. De met de hand geschreven partij had hij nog steeds bewaard; ze lag boven in een oude rommelkast, waarin ook het stemhamertje en de vork opgeborgen waren. Jammer genoeg had deze bezigheid hem nooit iets méér opgebracht dan een peuleschilletje, zodat hij er gauw de moed bij verloor

en na enige maanden naar iets anders was gaan uitzien. Toen was hij patroonontwerper geworden bij een behangselfabriek.
Glimlachend rees hij van zijn zetel, vouwde langzaam de brief op en liep enige tijd met afwezige blik in de kamer rond, de handen op de rug. Een paar maten uit La Prière d'une Vierge kwamen hem weer in het geheugen en hij neuriede ze zacht voor zich uit en toen kwam opeens het verlangen in hem op om het hele stuk nog eens helemaal te spelen. Hij raakte hoe langer hoe meer in opwinding, zong met hese stem die gedeelten die hem het best waren bijgebleven en die weldra ook samensmolten tot een vloeiende melodie. De vervoering maakte zijn gezicht levendig en zacht gloeiend, zijn ogen lachten en de hanekam zwaaide op zijn hoofd heen en weer. Ten slotte ging hij aan zijn werktafel zitten en begeleidde zichzelf, met stramme vingers tokkelend op de houten tekenplank bij gebrek aan een klavier. Het was een vreemd gezicht, zoals hij daar zat, net iemand die van zijn zinnen beroofd was, schor zingend en zwierige arpeggio's uitvoerend op de rand van de tafel, wiegelend met het bovenlijf en af en toe glimlachend de ogen opslaand naar een denkbeeldig gehoor, naar de verrukte kostschoolmeisjes en de snuffende oude juffrouwen met hun bevende wratjeskin.
Eindelijk sloeg hij, na het murmelende slotakkoord, het deksel van de piano met een afgemeten klapje dicht, zoals hij vroeger na een dergelijk nummertje ook steeds gedaan had, om duidelijk te verstaan te geven dat ieder aandringen op een bisnummer nutteloos was. Hij voegde de vingertoppen samen en zat lange tijd roerloos voor zich uit te staren, dromerig,

de glimlach vervagend om zijn mondhoeken terwijl hij luisterde naar het espirando dat in hem wegstierf, wijd openrimpelend als een waterkring.

Hij wist dat de oude vertederende herinnering, die in hem ontwaakt was, zich aan hem zou blijven opdringen, dat dit een onweerstaanbaar verlangen was dat hem ziek kon maken zo hij het onderdrukte. Zijn ervaringen met vrouwen waren gering, maar hij wist dat het een eenzame man, die ooit het warme en zachte lichaam van een vrouw had gekend, precies zo verging: de rusteloze hunkering werd een vermoeiend en uitputtend begeren, een hartstochtelijke drang naar opnieuw beleven. Ja, het was dwaas hieraan te willen weerstaan: het lichaam en de geest van de mens konden zich niet losmaken van het verleden, want na een zekere tijd kwamen de herinneringen terug als onvervulde verlangens.

Het denkbeeld verliet hem niet meer en even later ging hij de trap op naar de verdieping. Hij zocht in de rommelkast naar de stemhamer en de stemvork, die vrij spoedig te voorschijn kwamen, netjes verpakt in oud krantenpapier. Hij tikte met de vork op de kant van de kast en bracht ze vervolgens naar zijn oor. Het metaal resoneerde met hoge kristallen helderheid, als een klein klokjesspel, en toen hij dit hoorde doorstroomde hem een zalige warmte. Het was alsof hij, in deze enkele ogenblikken van hervonden geluk, ook zichzelf weervond, het gelegenheidsstemmertje dat bij een Joodse boekbinder in de leer was en alle kostschooljuffertjes het hoofd op hol bracht met een morceau van Thekla Badarzewski.

Hij pakte beide gereedschappen zorgvuldig weer in en nam ze mee naar beneden. Zijn besluit stond vast.

Het was woensdag en hij had niet veel tijd meer te verliezen, wilde hij nog vóór de middag het lokaaltreintje naar Paddenberg halen. Dadelijk trof hij de nodige voorbereidselen en hij deed dit met zoveel gewichtigheid en omslachtige drukte, alsof hij een wekenlange reis ging ondernemen. Het kleine reiskoffertje, dat hij ook regelmatig naar de behangselfabriek meenam wanneer hij zijn ontwerpen ging voorleggen, vulde hij met allerlei beuzelarijen, een wijnappeltje, de speciale vijl voor zijn chinese pinknagel, zijn hoestpillen, een oude beduimelde bloemlezing van volksballaden waarin hij tijdens de reis zou kunnen zitten bladeren, en ten slotte vergat hij nog bijna het pakje met de hamer en de vork.

In de wachtkamer van het station te Boseinderwijk, waar hij een halfuur nadien buiten adem aankwam, ging zijn handkoffer onverwachts open. Een oude man met een kropgezwel, die eveneens op de trein zat te wachten, hielp hem bij het oprapen van de verspreide hoestpillen. Hij voelde zich zenuwachtig en opgewonden en in de treincoupé, waar hij geheel alleen zat, maakte hij ontelbare ezelsoren aan de bladen van zijn bloemlezing. Bovendien slaagde hij er niet in één enkele ballade ten einde toe te lezen, voortdurend vluchtte zijn blik door het raam naar buiten en hij voelde zich als iemand die door een eerste onberaden verliefdheid gekweld wordt. Op een reclameschutting las hij de naam Meyer en hij veerde verrast op, zich plots herinnerend dat de stemmer, in wiens plaats hij zich op Slot Paddenberg ging aandienen, dezelfde naam droeg. Heel eventjes beklemde hem de gedachte aan het roekeloze van zijn onderneming en hij hoopte dat hij de graaf niet persoonlijk zou ontmoeten. Dit leek echter zo onwaarschijnlijk, dat hij er maar niet langer over nadacht. Hij tastte in zijn binnenzak naar de briefomslag, glimlachte gerustgesteld en keek door het raam naar een hoge stapel blikken bussen op de binnenplaats van een fabriekje.

Toen hij ongeveer een uur later zijn bestemming bereikte, was zijn boord nat van het zweet. Het was een warme drukkende zomerdag en de koe, die door een dorstige boer aan het stationshek was vastgebonden, rekte de kop uit om in de schaduw van het luifeldak te komen.

Tobias zag er tegen op, iemand naar de weg te moeten vragen en daarom liep hij zo lang op het plein vóór het station rond, totdat hij ergens een afgeschilferde wegwijzer ontdekte met het net nog leesbare opschrift 'Slot Paddenberg'. Het was ondertussen al kwart vóór twee geworden en hij spoedde zich voort over de stoffige landweg die naar het slot leidde, de koffer onder de arm gedrukt opdat hij niet weer zou opengaan.

Hij liep al een tijdje langs een hoge grauwe muur, een soort oude vestingmuur door de groene schemer van dicht lover overschaduwd, voor hij merkte dat dit de muur was die het onmetelijke park van Slot Paddenberg omsloot. De gevallen eikels, waar hij telkens op trapte, kraakten als onrijpe bessen onder de voet.

Ergens in de muur vond hij een tuinpoortje open. Hij trad na een korte aarzeling binnen en stond in een lommerige parklaan. Het was er stil en verlaten als in een kluizenaarswoud; zelfs het gezang van vogels was er niet te horen. De heesters, de bramen en de varens onder de bomen waren tot een wild, doornig gewas samengegroeid.

Langzaam liep Tobias verder over het door onkruid overwoekerde pad. Hij kwam voorbij een bouwvallig prieel, waarbinnen opgeklapte tuinstoeltjes en -tafeltjes opgestapeld lagen en waarvan de toegang door een reusachtig spinneweb was dichtgemaasd.

Spoedig daarop stond hij aan de rand van een Engels grasveld, dat zich wijd en vlak in het zonlicht uitstrekte als een pas gemaaide zomerweide. Langs de uitgebloeide rododendronhagen, die aan weerszijden het grasveld omzoomden, vielen dadelijk de vernielde kweekkassen op. Geen ruit ervan was nog heel, het leek wel alsof een ontzettende hagelstorm de glazen overdekkingen van de eerste tot de laatste versplinterd had. Aan de overkant van de grasmat verhief zich uiteindelijk het slotgebouw, een sombere puimsteenkleurige drakenburcht met gesloten blinden en bemoste leiendaken en donkere vertikale strepen op de gevel waar de najaarsregens langs de roestige muurankers waren neergedropen.

Terwijl hij over het grasveld op het kasteel toeliep, vroeg Tobias zich vol groeiende vertwijfeling af of de piano van graaf Rippelbach zich soms niet in dezelfde verwaarloosde staat zou bevinden als al zijn overige bezittingen. Hij stelde zich de graaf voor als een oud ziek man, die zijn haar en zijn baard sedert jaren niet meer liet knippen en als een vleermuis in een van de hoge schemerige slottorens leefde, schuw en afgezonderd van de wereld, het beheer van het landgoed overlatend aan een luie liederlijke rentmeester.

Hij besteeg het bordes met de gebarsten en met zwaluwenplets besmeurde treden en toen zag hij ook de losgerukte klimop boven zijn hoofd en rook hij de muffe verweerde steen, de lucht van vochtige kelders vol gruis en mos en muurzwammen. Op dat ogenblik verschrompelde zijn avontuurlijk verlangen tot besluiteloosheid en een vaag gevoel van onbehaaglijkheid, alsof er iets niet klopte met zijn berekeningen of met de inhoud van de brief die de graaf aan de heer Meyer gericht had of met het duistere verleden van de heer Meyer zelf.

Hij snoot gauw nog even zijn neus en begon toen naar een klopper uit te kijken. Maar die was er waarachtig niet, hoe ongelooflijk het ook scheen. Zelfs een gewone schel was nergens te bespeuren en dus bonsde hij maar met de vuist op de poort. Omdat hij vermoedde dat niet te vlug zou worden opengedaan, plaatste hij zijn koffertje op de stoep en zette er zijn voet bovenop.

Zijn voorgevoel bedroog hem niet. Er gingen enige minuten voorbij en toen beukte hij maar weer eens op de deur. Terwijl hij stond te wachten met de rug naar de gesloten poort, overzag hij rustig de omgeving, het verwilderde park en de koepelvormige uitbouw aan de oostkant, die hij nu pas ontdekte, evenals het schuin verzakkende Dianabeeldje dat zijn pijlen in de grond schoot. Ook nu hoorde hij geen enkele vogel zingen. Men zou gezegd hebben, dat het park te gronde ging aan een geheimzinnige ziekte, die eerst de bomen had aangetast en deze krom getrokken en met grillige jichtknobbels misvormd en die naderhand ook alle vogels had uitgeroeid.

Eindelijk werd achter zijn rug een knip verschoven, ongeduldig en nijdig, als de grendel van een geweer dat geladen wordt. Tobias keerde zich snel om. De poort ging niet gemakkelijk open, ze sleepte een

beetje en maakte een scherp, schurend geluid. Er zat zeker een steentje of een houtje onder.
De man die opendeed vertoonde zich niet helemaal. Tobias zag slechts zijn ronde, rode radijsgezicht en de waterige konijneogen, die vooreerst naar het handkoffertje op de stoep keken en daarna pas de bezoeker opnamen, zeer vluchtig overigens en zonder veel belangstelling. Ook uit het korte achteloze hoofdknikje, waarmee hij Tobias verzocht binnen te komen, bleek zijn onverschilligheid, als had hij zich voorgenomen om het even wie binnen te laten die naar binnen wou.
Tobias nam zijn koffertje op en de dikkerd zei: 'In 't vervolg kom je zoals iedereen achter in. Jij bent zeker Meyer?'
'Ja, ik ben Meyer,' knikte Tobias, hoogst verbaasd over de toon waarop dat huisknechtje tot hem sprak.
De dikkerd zette zijn achterste en ellebogen tegen de klemmende deur en duwde ze met zwoegend geweld toe. In de schemerige vooringang rook het erg naar schimmel.
'Wat is dat voor een prul op je hoofd? Jij hebt toch geen wijveklieren?' meesmuilde het radijsgezicht, terwijl hij, de handen in de broekzakken, langs Tobias voorging.
'Op mijn hoofd?' stamelde Tobias en streek zich werktuiglijk met de hand over het haar. 'O, neem me niet kwalijk.'
Hij had vergeten het krulpennetje weg te nemen. Beschaamd deed hij het uit en stopte het in zijn zak en meteen herinnerde hij zich de verwonderde of vrolijke blikken, waarmee de boeren op de landweg van het station naar het slot hem hadden opgenomen.

Hij liep achter de bediende aan die, zonder zich ook maar even om te draaien, gebiedend de hand achter zijn rug openhield:
'Je convocatie, Meyer.'
Tobias haalde ietwat onwillig de brief uit zijn zak te voorschijn en legde hem op de uitgestoken hand. Terwijl ze een paar treden opgingen en een gewelfde hal doorliepen, wierp die brutale vlegel schaamteloos een blik op het hem overhandigde schrijven.
'De vleugel werd zeker al in lang niet meer bespeeld?' informeerde Tobias terloops.
De dikkerd wendde verrast het hoofd naar Tobias om en zag hem doordringend, bijna wantrouwig, aan. Toen begon hij op duivelse wijze te grinniken.
'Jij bent een grapjas, Meyer. Men zou zeggen, dat jij naar een gezellig samenzijn gekomen bent, maar wacht totdat je de smoel van de baas hebt gezien, dan zal je wel geen grapjes meer verkopen. Het ziet er uit alsof hij zin heeft om één van ons aan het spit te rijgen en ik hoop maar dat jij het niet bent.' Hij hield bij een haltafeltje stil, trok de lade ervan open en wierp er de brief met een vlugge beweging in. Tobias ving een glimp op van enkele andere brieven die, naar het hem voorkwam, eveneens het blauwe wapen van Slot Paddenberg bovenaan droegen.
Het radijsgezicht, wiens haar naar shampoo rook, zei:
'Loop maar door naar de salon, je zal er de anderen wel aantreffen. Alleen de Bulgaar moet nog komen.'
Daarop verdween hij door een deur rechts van het tafeltje.
Tobias begreep er niets van; hij had het gevoel dat hij voor de gek werd gehouden. Hulpeloos keek hij om zich heen en terwijl hij aarzelend de gang vlak

vóór hem inging, vroeg hij zich af of dit misschien niet de rentmeester zelf geweest was. Wat een kaffer, dacht hij. Hij verbaasde zich er over, dat graaf Rippelbach zo iemand in zijn dienst wilde houden en deze daarenboven het beheer van zijn goed toevertrouwen, zo'n kluit van een rentmeester, die niet alleen lui en liederlijk was en een brutale bek had, maar zelfs niet over al zijn geestelijke vermogens scheen te beschikken. Welke dwaze, onsamenhangende antwoorden had hij niet gegeven? En had hij niet hoogst oneerbiedig over de smoel van de graaf gesproken en zo meer? Hij hoorde enkele mannen samen praten op grommende, weinig beschaafde toon. De stemmen kwamen uit een kamer, waarvan de deur openstond. In de onderstelling dat dit de salon moest zijn waarnaar de dikkerd hem verwezen had, klopte hij op de deurstijl en ging naar binnen.

In de kamer, die eerder op een pakhuis dan op een salon geleek, zaten drie mannen en een pafferige jonge vrouw. De naakte parketvloer, die ogenschijnlijk al sedert jaren niet meer geboend was, vertoonde overal sporen van spijkerschoenen en diepe krassen als van zware voorwerpen die er overheen gesleept waren. Dit was zeker gebeurd tijdens het versjouwen van de kisten die langs de muur, aan weerszijden van de marmeren schouw, waren opgestapeld en op sommige waarvan, met zwarte ingebrande letters, het woord TARANTEL en de initialen S.P. zichtbaar waren. Daar de gesloten vensterluiken het vertrek verdonkerden, had men de grote kristallen kroon aangestoken die van een met landschappen beschilderd plafond hing. Een zware, geornamenteerde tafel en een rococo armstoel met vergulde poten waren achteloos in een hoek geschoven. In deze zetel zat de vrouw, schuw ineengedoken en op vrij grote afstand van de drie mannen, met wie ze zich niet scheen te willen inlaten. Ze had een bleek, als het ware met meel bestoven gezicht en angstig grote ogen. Onder haar nauwsluitende, kaneelkleurige japon tekenden de baleinen van haar korset zich af als de duigen van een vat. Tobias zag dat ze voortdurend zenuwachtig de dikke knieën en dijen over elkaar wreef, alsof ze buikkrampen had.

De mannen zaten om een schragentafel op lage opklapbare tuinstoeltjes, precies dezelfde als die welke Tobias in het prieeltje gezien had. Zij hadden het gesprek gestaakt en namen Tobias, die met zijn handkoffertje in de deuropening stond, zwijgend en niet bepaald vriendelijk op. Degene die in het midden zat, een norse bullebak met een blauw gespikkeld vlinderdasje en een bruin litteken boven een van zijn wenkbrauwen, kneep de ogen half dicht en rolde zijn pas aangestoken sigarillo langzaam heen en weer tussen duim en wijsvinger. Er ging een vreeswekkend gezag van hem uit, hij scheen hier alles voor het zeggen te hebben en het kon dus niet anders, of hij was graaf Rippelbach zelf.

Tobias stapte op de bullebijter af, maakte een lichte buiging en zei:

'Mijn naam is Meyer. Heb ik de eer met de hooggeboren heer graaf?'

De man met het vlinderdasje sloeg de ogen naar het plafond op, daarna bracht hij met een traag, afwezig gebaar het sigaartje naar zijn mond en deed het brandende uiteinde ervan aangloeien.

'Zo, ben jij Meyer? Ga dan zitten en houd alsjeblieft je bek,' snauwde hij.

Tobias knipperde verrast met de ogen en het koffertje woog opeens zeer zwaar in zijn hand. Het leek wel of al deze mensen, zowel de rentmeester als de graaf en degenen die hem omringden, om zich te vermaken een misplaatste grap op touw gezet hadden.
'Heb je niet gehoord wat ik zei?' bulkte de graaf. 'En dat koffertje had je wel in de hal kunnen achterlaten. Wat zit daarin? Jij hebt zeker je boterhammetjes meegebracht?'
De beide andere mannen, die hem als een lijfwacht insloten, grijnsden vol leedvermaak over deze laatste opmerking. De ene, vermoedelijk de oudste van hen drieën, was een kaalkop met een gebronsd en gerimpeld fakirsgezicht. Hij trok dikwijls het voorhoofd samen, alsof hij ernstig over iets nadacht, en dan zwollen telkens de blauwe aders aan zijn slapen op. De andere, een breedgeschouderde jonge man van omstreeks zesentwintig jaar die met een fatterig snorretje pronkte, zat de hele tijd op een glazen sigarettepijpje te sabbelen en trok, telkens als hij de benen schrankte, de vouwen van zijn broek bij de knieën op. Tobias keerde zich geschrokken om en keek naar een onbezette stoel uit. Toen hij die niet vond, ging hij maar op een van de pakkisten zitten, niet ver van de jonge vrouw. Hij vroeg zich verontrust af wat heel die nare vertoning betekende: het onhebbelijke en haast vijandige onthaal, al die balorige gezichten om hem heen, en ten slotte deze ongewone samenkomst in een tot pakhuis herschapen salon. Een ogenblik bekroop hem de lust om weer weg te gaan, maar de donkere dreigende blik die de gelittekende graaf af en toe op hem wierp deed hem van dit voornemen afzien. Hij zat met het koffertje op de knieën en

durfde zich nauwelijks verroeren. Alleen gluurde hij nu en dan nieuwsgierig naar het bleke, bepoederde gezicht van de vrouw.

De mannen om de tafel hadden inmiddels het gesprek hervat. Meestal had de bullebak alleen het woord en Tobias hoorde hem op een bepaald moment zeggen: 'Je weet dat ik me altijd verzet heb tegen het opnemen van vrouwen in de beweging.' Tobias luisterde verstrooid toe en dacht: over welke beweging heeft hij het? Doch na een poos werd zijn aandacht hiervan afgeleid door het zwaarmoedige zuchten van de vrouw naast hem. Hij probeerde een gesprek met haar te beginnen. Zich een weinig vooroverbuigend, vroeg hij met een hoffelijke glimlach: 'Als ik een onbescheiden vraag mag stellen – hoort u misschien tot de familie Rippelbach?' De vraag deed haar opschrikken. Haar handen omklemden de armleuningen van de zetel en gedurende enige tijd staarde ze hem met ogen vol afschuw aan, bijna alsof hij haar oneerbare voorstellen gedaan had. Toen schudde ze zwijgend het hoofd en het ontging hem niet dat haar blik schuw afdwaalde naar de schragentafel, naar het blauwe vlindertje en het bruine litteken. Men zou gezegd hebben, dat zij dodelijk bang was voor die dog, dat zijn blik en zijn gebaren en zijn gehele aanwezigheid haar in hoge mate beïnvloedden. Zij hield niet op haar dijen opeen te wrijven en in zenuwachtige onrust op haar stoel te wiebelen, als een kind dat niet lang stil kan zitten en ongeduldig het ogenblik afwacht waarop het toestemming krijgt om op te staan.

'Bent u ziek?' vroeg hij.

Hij zag haar boezem snel rijzen en een sluikse oogopslag overtuigde hem ervan, dat zij een bustehouder met rubberdopjes droeg zoals de dure hoeren.

'Neen, neen, ik voel me lekker, dank u wel,' antwoordde ze fluisterend, zo stil, dat het hem moeite kostte haar te verstaan.

Daarop kneep ze de lippen opeen en wendde het hoofd af. Hij begreep dat zijn vragen haar hinderden, dat ze zelfs angstvallig een gesprek met hem ontweek. Hij nam het haar niet kwalijk, integendeel, hij had medelijden met haar en zocht naar geruststellende woorden, een of andere vriendelijkheid die haar van de oprechtheid van zijn gevoelens zou overtuigen. Hij had namelijk de indruk dat zij behoorde tot dàt type, dat in de minzaamheid van om het even welke man alleen maar een schijnbeweging zag, zo iets als een onhandige toenaderingspoging of een vulgaire verleidingsmanoeuvre. Het was een pijnlijk ogenblik, hij prutste aan het slot van zijn koffertje en zon op een middel om het gesprek te hervatten zonder enige verdenking op zich te laden.

Maar toen weerklonken voetstappen in de gang en trad de rentmeester binnen, op de voet gevolgd door een reusachtige schonkige kerel met stiereschoften en armen als slagbomen. Hij zag er als een afgebeulde kermisworstelaar uit, iemand die heel wat armen en benen uit het gelid gewrongen had maar zelf ook dikwijls met de rug op de mat gelegen had. Daarenboven had hij een eigenaardige gang, een beetje steigerend als om zich nog wat groter te maken en de knieën op zulke wijze bewegend, dat het scheen alsof hij iemand die voor hem uit liep met kniestoten onder het zitvlak voortdreef. Tobias zag de kolos nieuwsgierig aan en besloot dat dit de Bulgaar moest zijn, over wie het radijsgezicht hem gesproken had.

Beide mannen hadden elk een klapstoeltje meegebracht dat ze met de voet opentrapten en om de schragentafel aanschoven. De rentmeester sprak even tot de graaf en ook de Bulgaar wisselde enkele woorden met hem op min of meer vertrouwelijke toon. Niemand schonk evenwel aandacht aan de vrouw, die er als een toevallige en ongewenste bezoekster bij zat; en misschien was zij dat ook wel, dacht Tobias, evenals hij zelf overigens. Hij voelde zich daardoor inniger met haar verbonden en om die reden gaf hij het ook niet op wanhopig naar een geschikt onderwerp van gesprek te zoeken, naar woorden waaraan ze niet zou kunnen weerstaan en die haar achterdocht zouden ontdooien.

Daar kwam hij echter niet aan toe, want de Bulgaar was opgestaan en stevende recht op hem af. Tobias had de indruk dat men om de tafel over hem gesproken had, en inderdaad, hij vergiste zich niet. De reus boog zich naar hem over en vroeg, de elleboog steunend op de schoorsteenmantel:

'Ben jij Meyer?'

'Om u te dienen,' zei Tobias, niet helemaal op zijn gemak.

De Bulgaar zette een bedenkelijk gezicht. Zijn adem rook naar drop.

'Jij bent wel erg veranderd sedert ik je voor het laatst gezien heb,' mompelde hij, een vlugge zijdelingse blik op de vrouw werpend.

Tobias zakte moedeloos ineen en het idee kwam bij hem op, dat Slot Paddenberg wel eens een toevluchtsoord voor ontsnapte krankzinnigen kon zijn. Hij durfde daar niet over doordenken en vreesachtig naar de geweldenaar opkijkend vroeg hij:

'Hebben wij elkaar dan al eens eerder ontmoet?'

De Bulgaar snoof luidruchtig:
'Dat was jij toch die een paar jaren geleden in de cel te Marseille werkte? Herinner je je dat havenkroegje niet, waar we eens bijeengekomen zijn, jij en ik en nog iemand, een verlopen tandarts, die vent die met twee meiden tegelijk naar boven hompelde en wiens pistool afging toen hij zijn broek uittrok? Nu ja, het is ook al een tijdje geleden en ik moet bekennen dat mijn geheugen begint te vervagen. Ik had je niet dadelijk herkend toen ik binnenkwam, ze zeiden me Meyer is hier, en ik dacht: Meyer, Meyer... waar heb ik die naam nog gehoord?' Hij liet zijn hand in de achterbroekzak glijden en op zijn gezicht verscheen een welwillende uitdrukking. 'Had jij me dan niet herkend, ouwe putter?'
Tobias bevochtigde zijn droge lippen. Hij herinnerde zich dat het aanbeveling verdiende iemand, wiens geestelijke vermogens gestoord waren, niet tegen te spreken en daarom maakte hij een vage beweging met het hoofd en zei:
'Wel, toen u binnenkwam dacht ik onmiddellijk: die gelijkt op de Bulgaar, die man die...'
'Zie je wel, zie je wel!' loeide de krachtpatser en zwaaide vriendschappelijk met een van zijn slagbomen boven Tobias' hoofd. 'Wie Boris Antonov eenmaal ontmoet heeft, zal zich zijn leven lang die naam herinneren. Maar wie ooit een van mijn vuisten op zijn knikker gehad heeft, zal zich helemaal niéts meer herinneren, daar durf ik op roemen. Een Griek, met wie ik een kraak had gezet, had eens het lef mij een Tataarse hond te noemen. Het is mijn prachtigste verzameling geworden: ik heb al zijn tanden bewaard en een paar schilfers van zijn neusbeen.'

Tobias luisterde ontzet toe en knikte sprakeloos. Het gaf hem een gevoel van grote opluchting, toen de graaf de Bulgaar naar de tafel terugriep. Hij dacht niet meer aan de vleugel die moest gestemd worden, en de serene arpeggio's van Thekla Badarzewski, die hem diezelfde morgen nog in muzikale vervoering gebracht hadden, waren thans in hem tot een dof geruis geworden, verstikt door een heftig verlangen om zo gauw mogelijk weg te komen uit dit slot vol gevaarlijke krankzinnigen. Zijn blik viel op een van de pakkisten en op het woord TARANTEL. Hij wist dat dit de naam was van een grote, giftige spin, maar kon deze in geen enkel verband brengen met de inhoud van de kisten of zelfs maar met de omgeving. Ook omtrent de betekenis van de initialen S.P. pijnigde hij zich geruime tijd af, totdat het hem eensklaps duidelijk werd, dat deze niets anders dan de afkorting van Slot Paddenberg konden zijn.

Ja, dacht hij, hier zit ik – en wat heb ik hier eigenlijk verloren? Hij verwenste die onzalige Meyer, die op een velletje schrijfpapier uit zijn brievenbus gegleden was. Hij kraste met zijn lange pinknagel over het hout van de kist waarop hij zat en nam zich reeds voor gewoon op te staan en de salon te verlaten.

Alvorens hij echter zijn voornemen kon uitvoeren, kraakte de stem van de man met het vlinderdasje in zijn oren. De bullebak was van zijn stoel opgestaan; hij trapte zijn sigarepeukje op de parketvloer uit en opeens scheurde zijn mond open in bitse woorden die hij uitspuwde als gal.

Hij sprak over een cel die opgerold werd, over aanhoudingen die werden verricht, over belangrijke dokumenten en wapenvoorraden die in handen van

de volksonderdrukkers gevallen waren; en ten gevolge van dat alles, zei hij, was de toestand uiterst kritiek geworden. Hij gebruikte, benevens volksonderdrukkers, ook voortdurend de woorden volksmisleiders, slavendrijvers, verknechters en bloedzuigers, en het was duidelijk dat hij met deze verschillende benamingen eenzelfde groep van mensen bedoelde die hij echter nooit nader omschreef.
Naderhand wendde hij zich tot de kaalkop met het fakirsgezicht:
'Op de buitgemaakte lijsten kwamen de namen voor van enkelen onder ons, onder meer de jouwe, Naboek.' Naboeks aderen zwollen op en hij liet een korte vloek horen. 'Ik hoop dat je begrijpt wat dit betekent: je depot moet onmiddellijk ontruimd worden en jij zelf moet voor een tijdje verdwijnen. Kruip in je eigen gat zo je wilt, maar vertoon je niet meer. Hetzelfde voor jou, Boris.'
De Bulgaar ontblootte als een wolfshond zijn snijtanden. 'Wat donder,' gromde hij, 'dat is verraderswerk. De beroerling die ons dat geleverd heeft spijker ik met zijn slurf aan de muur!'
'Hou je gemak,' grauwde het vlinderdasje, 'je krijgt zo dadelijk de gelegenheid om al je stoom uit te laten. De verrader is in ons midden.' Zijn lippen krulden verachtelijk. Hij pikte een lucifertje van de tafel op, brak het tussen zijn duim en wijsvinger door en knipte het over de schouder weg. De blik die dit gebaar begeleidde liet geen twijfel over. Het was alsof hij, zonder het woordelijk uit te spreken, een meedogenloos vonnis velde, waarbij het gebroken lucifertje de lenden van de verrader veraanschouwelijkte.

Tobias, die dit alles zag en hoorde, kromp ineen als een slak die men met een twijgje beroerde. Hij kwam tot het zeer eenvoudige en ontstellende besluit, dat het vreemde gezelschap, waarmee hij toevallig in de salon samenwas, noch tot de familie- of dienstbodenkring van graaf Rippelbach hoorde noch uit ontvluchte krankzinnigen in de eigenlijke zin van het woord bestond, maar dat zij niettemin even gevaarlijk waren als de moorddadigste krankzinnigen. Hij had ooit wel eens van anarchisten gehoord, maar het was de eerste maal dat hij zulke monsterachtige wezens van nabij zag. En alsof de ontdekking van deze enkelvoudige waarheid ergens in zijn hoofd een klep opende, stroomden onmiddellijk tal van nadere bijzonderheden, die hem te voren raadselachtig hadden toegeschenen of die hij gewoon over het hoofd had gezien, als aanvullende gegevens zijn gedachten in. Zo begreep hij onder meer, dat de brief die hij ontvangen had een codeboodschap was geweest, dat de vermeende graaf de leider van een anarchistische beweging was die opereerde onder de codenaam TARANTEL en haar geheime bijeenkomsten op Slot Paddenberg hield, dat de vervloekte Meyer deel uitmaakte van deze beweging en dat ten slotte de kisten langs de muren ongetwijfeld gevuld waren met wapens en dynamietpatronen.

Hij voelde zich beroerd en gedurende een aantal seconden slaagde hij er niet in zijn handen stil te houden. Bang en vol afschuw keek hij van het ene gezicht naar het andere en toen pas viel het hem op hoe hard en koud en onaandoenlijk deze gezichten waren, als de maskers van doden die met een honende lach om de lippen gestorven waren. De lucht was benauwd in de muffe salon, het licht van de kroonluchter viel als een trillende onweershitte van het plafond neer en de stem van de bullebak scheen door een luidspreker versterkt te worden. Tobias hoorde hem andermaal zeggen 'de verrader is in ons midden' en in de herhaling van deze woorden school iets wraakroepend onmenselijks, alsof iemand voor de tweede maal ter dood gebracht werd die nog maar pas in helse pijnen gestorven was. Het was als een zweepslag, waarvan het snerpende geluid de aanwezigen het hoofd deed buigen en die één enkele onder hen in het bijzonder trof: de jonge vrouw in de armstoel. Haar lichaam werd achteruitgerukt en zij bedekte werktuiglijk haar aangezicht met beide handen, als zag zij de kronkelende slang van het zweepsnoer op zich afkomen.

Het vlinderdasje haakte de duimen achter zijn broeksriem en staarde haar onbewogen aan. 'Dat wijf,' zei hij langzaam en met verpletterende nadruk, 'bespaart me de moeite om namen te noemen. Ik ben nooit een voorstander geweest van vrouwen in de beweging en begrijpen jullie nu waarom? Ze heeft haar mond voorbijgepraat en ons allemaal er in doen luizen. Ze dacht dat dit een onschuldig kinderspelletje was, dat het er alleen maar om ging wat klappertjes uit te strooien om een paar ouwe heren schrik aan te jagen. Maar daar schieten we verdomd niets mee op. Je moet ziel en geloof voor zoiets hebben, niet de ziel en het geloof waarvoor je de prijs van een gewijde kaars betaalt, maar die je verzoenen met de gedachte ooit eens aan een bajonet te worden geregen of aan een galg te bengelen zonder hiervoor beloond te worden in een hiernamaals. Nou, die ziel en dat geloof heeft ze niet, dat blijkt nu wel duidelijk te zijn. Ze heeft gefaald doordat ze die ziel en dat geloof niet had, en falen staat gelijk met verraad plegen. Cor, zeg jij haar eens welke bijzondere verrassing wij aan verraders voorbehouden.'

De dikkerd met het radijsgezicht spalkte zijn troebele konijneogen open, likte eventjes zijn mondhoek en wekte de indruk alsof hij in een lachbui ging losbarsten, ja, alsof hij het een uitstekend geslaagde grap vond. Dat deed hij dan toch maar niet, alleen zei hij op haast vrolijke toon:

'Zou ik het haar liever niet in het oor fluisteren? Misschien schrikt ze zich anders dood en dan beleven we er geen lol meer aan.'

De fat met het strooien snorretje nam het sigarettepijpje uit zijn mond. 'Maak het kort,' blafte hij, 'dit is geen circusvoorstelling.' Hij zag er ontstemd uit en men zou gezegd hebben, dat de hele vertoning hem van het begin af de keel uithing.

'Neen, neen, het moet lang duren,' kwam de Bulgaar tussenbeide. 'Er is geen zo hartverheffend schouwspel als een langzame doodsstrijd, dan zie je pas wat een taai beest de mens is.'

Bij deze laatste woorden was de vrouw vaalbleek in het gezicht geworden, haar ogen puilden uit en zij strekte smekend de armen naar haar scherprechters uit. 'Het is niet waar, ik heb geen verraad gepleegd, het is niet waar, niet waar...' steunde zij en bleef onbeweeglijk zitten, de armen uitgestrekt, als door een overweldigende angst geheel verlamd. Ook de wrijfbeweging van haar dijen had opgehouden.

De gelittekende schopte nijdig zijn stoel achteruit. 'Hou je smoel, vervloekte teef! Je moet niet proberen

jezelf er uit te praten op dezelfde wijze als je ons er in hebt gepraat. Je schuld is bewezen. Je hebt iets losgelaten dat je achter de tanden had moeten houden. Of moet ik je geheugen even opfrissen?'
Zij schudde het hoofd met korte, krampachtige rukjes.
'Neen, het is niet waar, ik heb nooit iets losgelaten!' riep ze heftig uit. 'Je zoekt een zondebok, iemand die voor die vergissing kan opdraaien, en natuurlijk denk je in de eerste plaats aan mij, omdat ik een weerloze vrouw ben, omdat je geen vrouwen in de beweging duldt. Ja, dit is een gelegenheid voor jou om mij er uit te werken. Maar ik heb het niet gedaan, ik zweer je dat ik geen schuld heb!'
Ze viel achterover, hijgend, uitgeput, met bevende armen en angstig voor zich uit starende ogen. Ze was vreselijk om aan te zien: als een wijfjesdier dat in een klem gevangen zat en de schaduw van de onafwendbare, dodelijke bedreiging zag naderen en uiteindelijk, na een laatste wanhopige poging om zich los te rukken, zich gelaten overgaf.
Tobias, die op korte afstand van haar zat, zag het onbeheerste trillen van haar kaakspieren in het bloedeloze en door angst verwrongen gezicht en hij had een onuitsprekelijk medelijden met haar, zozeer zelfs, dat hij had willen opspringen en haar met gespreide armen beschermen. Maar het verlammende gevoel, dat weldra ook over hem kwam, ontnam hem de mogelijkheid daartoe. Met starre ledematen zat hij op de kist, het bloed schuimde achter zijn ogen en hij zag alles door een rode schemer. Na een korte stilte, die hij niet verklaren kon, zoemde de stem van de bullebijter uit de verte op hem af: 'Boris, ga je gang.'

Een van de ijzeren tuinstoeltjes werd kletterend verschoven. De gloeiende elektrische peertjes van de kroon tikten, alsof er nachtkevers tegen aanvlogen. Iemand liep met zware, dreunende passen om de schragentafel heen en Tobias wist dat het Boris Antonov was, de Bulgaar die uitgeslagen tanden als trofeeën verzamelde. Het dreunen kwam dichterbij; Tobias lichtte het hoofd op en zag de reus vóór de rococo armstoel staan, op nauwelijks een armlengte van hem verwijderd. Hij neuriede zachtjes en liet met liefkozend gebaar een bullepees over zijn handpalm glijden. 'Kom, liefje, kleed je maar eens uit,' zei hij tot de vrouw, vol vleiende aandrang en met bedwongen hartstochtelijkheid, als een minnaar die naar vurige liefdesbetuigingen verlangde. En terwijl hij met een vlugge kunstgreep het uiteinde van het gepikte touw als een adder in de holte van zijn hand deed kronkelen, voegde hij er met valse minzaamheid aan toe: 'Je hoeft niet bang te zijn, ik wil alleen even een aandenken van de Tarantel in je mooie huid tatoeëren.'

De hartverscheurende gil, die de vrouw slaakte, deed Tobias uit zijn lijdelijkheid ontwaken. Er steeg plots een warmte in zijn lichaam op, die uit een mengsel van de vreemdsoortigste gevoelens bestond, uit medelijdende liefde en opstandige verontwaardiging en zinnelijke walg, maar vooral uit een overheersend vreugdegevoel dat hem sterk en roekeloos maakte. En toen hij zag hoe de vrouw afwerend de handen naar de Bulgaar uitstrekte en hij de onverstaanbare stamelingen hoorde waarmee zij haar beul op afstand trachtte te houden, schudde hij de vrees als een verachtelijke menselijke kleinmoedigheid van zich af. Hij

sprong van de kist op en greep de Bulgaar bij de arm.
'Laat haar, onmens, zij is onschuldig!' riep hij met verstikte stem uit.

De gewezen kermisworstelaar zag misprijzend op hem neer: 'Wat bezielt jou, mestkever?'

'Ik zeg het je toch, zij is onschuldig,' herhaalde Tobias en hij zag er terzelfdertijd diep ellendig en woedend uit. 'Je hebt het recht niet onschuldigen te martelen.'

'Hoe weet jij dat ze onschuldig is?'

Tobias drukte de gebalde vuist op zijn borst, daar waar hij de vreemde onverklaarbare pijn voelde die er zoëven niet geweest was, bijna alsof zich tegelijk met de woorden in zijn hoofd ook een of andere spier in zijn borstholte samentrok. Zijn oogleden trilden onophoudelijk en ten einde ze weer in bedwang te hebben, keek hij strak naar een rafeltje in het geschifte hemd van de Bulgaar.

'Omdat ik zelf de schuldige ben,' antwoordde hij rustig, zonder enige uitdaging, en terwijl hij dit zei had hij reeds een voorgevoel van het vreselijke en onontkomelijke dat door deze woorden opgeroepen werd.

De stilte, die op zijn onthutsende verklaring volgde, kraakte en spleet vaneen in verwarde geluiden, een schreeuwerig en opgewonden geroep, een scherp metaalachtig geratel als van tuinstoeltjes die dichtgeklapt of omvergeworpen werden en een aanhoudend gestommel, alsof over de zoldering boven zijn hoofd vele mensen tegelijk heen en weer liepen.

Hij wist, zonder de ogen op te slaan, dat ze allen om hem heen stonden, het vlinderdasje en het radijsgezicht en de kaalkop en de fat en natuurlijk ook de

sadistische Bulgaar, en het sombere dreigende zwijgen waarmee ze hem omringden verschrikte hem nog meer dan de geluiden die er aan voorafgegaan waren. Hij dacht aan de tekenplank thuis, aan het onvoltooide patroonontwerp en aan het retourbiljet in zijn binnenzak, dwaze onbetekenende dingen waar niemand in zijn omstandigheden ook maar even zou aan gedacht hebben, maar die in zijn herinnering opdoken als voorbije levensfragmenten.
Eindelijk keek hij op en zijn ogen ontmoetten deze van de man, die hij in zijn gedachten nog steeds met graaf Rippelbach vereenzelvigde. Hij zag van dichtbij de diepe kerf van het litteken, waarin de niet helemaal vergroeide naden nog duidelijk zichtbaar waren, en alsof dit wondmerk het belangrijkste en gedenkwaardigste was, zag hij ook niets anders meer. Hij hief aarzelend de hand op, als om het gezicht van de man weg te duwen of om datgene te verhinderen wat hij steeds duidelijker voorzag, en onderwijl begreep hij waarom de vrouw zo bang geweest was voor dat gezicht.
'Jij zwijn!' vloekte de bullebak. Het gezicht bewoog en het litteken verschoof naar links. De vuistslag, die Tobias midden in het gelaat trof, laaide als een vlam achter zijn ogen op. Hij sloeg wankelend de armen uit en viel.
Terwijl hij op de grond lag en de stekende pijn voelde opkomen in zijn gekneusde lippen, dacht hij dat nu alles wel voorbij zou zijn. Maar toen begon het pas. Eerst was er het geluid, een heel ander geluid dan het verwarde rumoer waarmee het begonnen was: een zacht zoeven dat op een knettering eindigde. En toen, geheel onverwachts, werd de huid van zijn

gezicht door een gloeiend, snijdend voorwerp opengereten. Hij stiet een schorre kreet uit en hief de arm beschermend voor zijn gelaat. In zijn verbeelding doemde het geduchte piktouw met de harde geselknopen op en de zekerheid dat hij hieraan niet meer ontsnappen kon, veroorzaakte een verlammende schrik over zijn hele lichaam. Het was als een nachtmerrie, wanneer men zich wil oprichten om een dodelijke bedreiging te ontvluchten en daar niet in slaagt, door een lichamelijke verstarring en een gevoel van onmacht tot onbeweeglijkheid veroordeeld. De snerpende striemen van de bullepees, die weldra ook op zijn borst en armen neerkwamen en zijn hemd aan flarden scheurden, drongen diep in zijn vlees door. Vreemd was het, dat hij geen enkel geluid meer hoorde. Alles verliep in een benauwende, doodse stilte. Evenals de afschuwelijke pijn was ook deze stilte een helse, onuitstaanbare marteling. Hij had gewild dat iemand huilde of vloekte of schold, zodat hij niet langer het gevoel had alleen te zijn in deze bovenmenselijke beproeving, in de ontzettende nood van zijn gefolterd lichaam. Hij snakte naar bevrijding uit de pijn, uit de angst en de stilte, maar de met ongenadige regelmaat neerdalende peesslagen brandden de pijn en de angst en de stilte dieper in hem.

Een helle, witte bliksem sloeg in zijn ogen. Hij gaf een korte schreeuw en wierp zich op zijn zij. Toen werd eensklaps de stilte verbroken. Iemand zei: 'Mooi zo, hij heeft zijn portie gehad.'

Hij hoorde deze woorden en terzelfdertijd zonk hij langzaam weg in een broeierige warme duisternis. Een horizontale streep gloeide hoog boven hem, als de reet boven een verzakte deur waar het daglicht doorkwam.

Toen hij bijkwam, was de lichtstreep verdwenen. Het was onwezenlijk stil om hem heen, niets bewoog en slechts ver weg was een zacht zuien hoorbaar, als van een lichte zomerwind die door hoge bomen ruiste. Kreunend richtte hij zich op, hij zat op zijn knieën en vroeg zich af waar hij zich bevond. Het was een donkere nacht, hij zag geen hand voor ogen. Hij rook de muffe bladaarde en snoof de bittere geur van het gras en de kruiden op en weldra begreep hij dat dit de adem van de levende aarde was. Deze ontdekking ontroerde hem op kinderlijke wijze. Hij legde de hand op het gras en voelde dat dit stoppelig en kort gemaaid was. En toen weende hij, om het gras en om de goede geuren van de aarde en ook om het ongestoorde voortbestaan van een wereld waartoe hij hoorde en die hij eens, in een lang vervlogen voortijd van zijn eigen bestaan, aanschouwd had.

Hij stond op en sleepte zich moeizaam voort. Zijn lippen waren dik en gezwollen en zijn lichaam gloeide van het hoofd tot de voeten. Hij liep tegen een onzichtbare hindernis op en besluiteloos stond hij stil. De verre schreeuw van een nachtvogel deed hem het hoofd oplichten en het verwonderde hem dat vogels precies zo konden schreeuwen als een mens die pijn had.

Lange tijd doolde hij in het uitgestrekte park van Slot Paddenberg rond, in de ondoordringbare duisternis zoekend naar een uitgang, een uitmonding in het licht en het leven. De rook van een houtvuur in de omgeving kwam op hem af als een vleugje wierook. Weer stond hij stil en toen hoorde hij in zijn onmiddellijke nabijheid het kraken van brosse takken. Er liep iemand door het park in zijn richting. De angst zwol

in zijn hoofd op bij de gedachte, dat alles weer van voren af zou kunnen beginnen, dat de Bulgaar of de man met het vlinderdasje of een van de andere booswichten was teruggekeerd om er voorgoed een einde aan te maken.
'Meyer! Mijnheer Meyer!' werd er van op korte afstand geroepen.
Hij herkende de stem van de jonge vrouw die hij van mishandeling gered had en het maakte hem blij te weten, dat zij het was. Hij was niet boos op haar, want naar zijn gevoel hoorde zij niet bij de anderen, bij degenen die hem op de smadelijkste wijze als een hond halfdood hadden geranseld.
Een hand beroerde zeer vluchtig de zijne, niet liefkozend en niet bezorgd, doch bijna schuw en met weerzin. Ze bevond zich vlak naast hem en zei:
'Je hoeft niet bang te zijn, ze zijn allemaal weggegaan. Ik ben achtergebleven, omdat ik je koffertje bewaard had.' Ze duwde het hem in de hand en hij dacht: ze is achtergebleven om me mijn koffertje terug te bezorgen, zelfs niet uit medelijden of schaamtegevoel, neen, alleen maar omdat ze zich verplicht voelde iets voor mij te doen. Hij antwoordde niet en daarop vroeg ze: 'Waarom heb je dat gedaan, Meyer? Waarom heb je jezelf opgeofferd voor mij?'
'Mijn naam is niet Meyer,' zei hij. 'Ik heet Tobias Pylyser en ik was naar Paddenberg gekomen om de vleugel te stemmen, zoals in de brief gevraagd werd. Het was een vergissing, ik heb niets met jullie beweging te maken.'
Hij zweeg en wilde dat hij haar gezicht kon zien, want hij herinnerde zich niet meer hoe haar ogen geweest waren. Het was belangrijk iemands ogen te zien

terwijl men tot hem sprak. Men zei dat de ogen de ziel van een mens waren en misschien was dit wel waar.
'Maar waarom heb je het dan gedaan?' drong ze aan.
Ja, dacht hij, waarom heb ik het gedaan? Hij wist het niet, hij wist het waarachtig zelf niet. Uit medelijden of uit naastenliefde of uit een soort geloof in de zedelijke grootheid van de mens. Maar het leek hem belachelijk haar dit te zeggen en daarom boog hij het hoofd en zei:
'Ze hebben me blind geslagen.'
'Ja,' zei ze. 'Antonov is een schoft.'
Hij keek in de richting vanwaar haar stem kwam en meer dan ooit verlangde hij er naar haar gezicht te zien, dat misschien wel mooi was, nu de dodelijke angst en de afschuw het niet langer misvormden.
'Is het al avond?' vroeg hij.
'Nog niet helemaal,' zei ze. 'Over een paar minuten gaat de zon onder.' En na een poos: 'Kom, ik zal je buiten het park brengen.'
Ze nam hem bij de arm en hij liet zich gewillig door haar geleiden. De geur van het boshout en van de humus werd doordringender en hij giste dat ze nu door de parklaan gingen, niet ver van het prieeltje waarin de tuinstoeltjes opgestapeld lagen.
Nadat ze een tijdje stilzwijgend naast hem gelopen had, vroeg ze:
'Ben jij een christen?'
'Waartoe dient het dit te vragen?' antwoordde hij. 'Christus heeft zich onschuldig laten veroordelen, men heeft hem gesmaad en gegeseld en ten slotte aan een kruis gespijkerd. Mij heeft men ongeveer hetzelfde aangedaan, maar dààrom ben ik nog geen christen. Ik heb overigens geen ogenblik aan Christus gedacht, toen ik me voor jou opofferde.'

Ze scheen over zijn woorden na te denken en ging dichter naast hem lopen, alsof het pad smaller was geworden of uit vertrouwelijkheid ten opzichte van de man die, zonder een christen te zijn, zich onschuldig had laten veroordelen.
'In mijn ogen ben jij groter dan Christus,' fluisterde ze toen. 'Christus was de zoon van God en in zekere zin werd hem door zijn vader bevolen zichzelf voor de wereld op te offeren. Maar jij bent een gewoon mens en je hebt het gedaan zonder dat het van jou verlangd werd. Ik weet ook niet of Christus zich voor één enkele mens zou hebben laten geselen en ter dood brengen. Er is méér moed en zelfverloochening toe nodig.'
Hij gaf haar geen antwoord meer. Ze hebben Christus ook niet blind gemaakt, dacht hij, want op dat ogenblik vond hij het verschrikkelijker met dode ogen te moeten leven dan met levende ogen te moeten sterven. Maar hij zei het haar niet, omdat ze dit blijkbaar niet zou vatten en ook omdat het gesprek met haar hem vermoeide. Zijn oogleden brandden koortsig en op zijn rug scheen een zware zak te hangen, waarvan de draagriemen pijnlijk in zijn schouderbladen sneden.
Ze liet zijn arm los. 'We zijn er,' waarschuwde ze. 'Misschien zal je nu verder wel alleen de weg naar het station vinden. Ik blijf hier tot dat het helemaal donker is. Je weet nooit, ik heb het voorgevoel dat ze mij ergens staan op te wachten.'
Hij luisterde niet meer naar wat ze zei. Terwijl hij door de tuinpoort strompelde, meende hij haar nog te horen zeggen 'God zegene je', maar dat kon hij zich wel verbeeld hebben.

Hij keerde zich niet om en ging alleen verder, met de vrije hand langs de brokkelige ruwe, oneffen parkmuur tastend. Het reiskoffertje in zijn andere hand woog ontzettend zwaar. De gevallen eikels kraakten als onrijpe bessen onder zijn voeten; het was een geluid dat hem oneindig moedeloos maakte. Hij had het gevoel of hij nooit het station zou bereiken, vandaag niet en ook morgen niet. Maar toch liep hij voort, zonder hoop en zonder vrees, wetend dat het het lot van alle mensen was, in de duisternis steeds maar voor zich uit te gaan, op een weg waarvan men niet wist waarheen hij leidde.

De slakken

'Daar zit er weer een!' riep de deurwaarder vol afschuw uit. Hij trok haastig zijn benen onder de lakens op en, steunend op de linkerelleboog, wees hij met de uitgestrekte rechterarm naar het voeteneinde van het bed. Vervolgens ging hij nog wat hoger zitten, doopte de vingertoppen in de kom die op het nachtkastje stond en besprenkelde de plaats waar zoeven zijn voeten gelegen hadden.
De deservitor, die op een stoel naast het bed zat en met het koord van zijn soutane speelde, volgde met een onbewogen blik al deze bewegingen.
'Ik zie niets,' zei hij met een stem die uit zijn maag scheen te komen, 'ga maar weer liggen.'
De deurwaarder bleef in dezelfde houding zitten, half overeind, de dorre lippen, die als oud schilferig leder waren, in ademnood geopend. Hij schudde langzaam het hoofd.
'U ziet niet met uw eigen ogen, eerwaarde, u ziet met de ogen van uw geloof. U zegt altijd weer dat het mijn zonden zijn die me vervolgen en dat die vloek zal weggenomen worden, zodra ik me bekeer. Maar ik zie het met mijn eigen ogen, die me vierenveertig jaar lang nooit bedrogen hebben; ik zié het, zoals ik ù zie zitten: ze zijn er, wezenlijk en waarachtig, ze bestaan. Als ik er aan denk, zie ik ze, en ook als ik er niét aan denk, zie ik ze: zwart, de kleur van uw kleed, maar glimmend, met geoliede ruggen, met twee voelhorens. Dikke, slijmerige tuinslakken. Het is geen hallucinatie, zoals u zegt, en zeker geen list van

de duivel, want ik erken de duivel niet. Als u ze niet ziet, is het omdat u ze niet wilt zien. In negenenveertig woonde ik een spiritistische séance bij en toen zat ik naast iemand die een priester bleek te zijn (hij droeg evenals ik burgerkleren, maar men heeft me verzekerd dat hij een rechercheur van de Roomse Kerk was, een coadjutor nog wel). Hij bevond zich in hetzelfde vertrek als ik en de overige drie getuigen, toen de tafel van de grond opsteeg en op ongeveer een halve meter hoogte bleef zweven, maar hij hield vol dat hij het niet zag. Het was eenvoudig: hij wilde het niet zien, omdat de Kerk hem bevolen had de ogen te sluiten. Hij kon het niet zien, de Kerk had zijn ogen uitgenomen en hem de ogen van een blinde in de plaats gegeven. Hij was niet alleen met zijn handen en voeten, maar ook met zijn ogen gebonden aan de Kerk. En u, neem het me niet kwalijk, bent in hetzelfde vaatje verzuurd. Wat ik zie, is de werkelijkheid. Ze zijn er, ik ben niet gek. Bloedzuigers zijn het, levende zwarte bloedzuigers. Wat hebben mijn zonden daarmee te maken? Het is de derde die me vandaag komt sarren. Vanmorgen zat er één op de muur, vlak hiertegenover, boven de aquarel, en geen uur later zat er één op het stilletje. Misschien was het dezelfde, ik weet het niet. Er is maar één afdoend middel om ze te verjagen: een paar druppeltjes ammonia, en ze zijn weg. Ik geloof niet dat men zijn zonden met ammonia kan uitbannen. Ammonia is geen wijwater.'

Hij viel uitgeput achterover en sloot de ogen, maar zijn benen durfde hij niet uitstrekken. De deservitor, die hem kalm aangehoord had, keek nu medelijdend naar het gezicht van de bedlegerige dat de vorm en de kleur van een raap had. Daarop blikte hij in de kamer rond: het linoleum, het notehout van de spiegelkast, het stilletje en het bed vertoonden hier en daar kleine bleke vlekken, waar de ammonia had ingebeten. Hij zuchtte.

'Indien u wijwater wilde gebruiken, zouden ze nooit meer terugkeren. Ze zouden verdelgd worden. Ammonia jaagt ze alleen schrik aan. En uw meubilair zou er niet onder lijden.'

'O ja, ik kan het wel eens met wijwater proberen,' zei de deurwaarder onverschillig, als wilde hij met dit antwoord de priester een genoegen doen.

'Alhoewel ik ervan overtuigd ben, dat wijwater niet de minste uitwerking zal hebben, zo u niet eerst uw zonden belijdt,' gaf de deservitor rustig te kennen.

De deurwaarder antwoordde niet. Onder zijn nog steeds gesloten ogen haakte de neus in zijn gezicht als het mes in een schaaf.

'Ik ben moe,' zei hij.

De deservitor dacht: hij ziet er inderdaad moe uit, maar vooral benauwd. Hij is doodsbenauwd, zijn zonden drukken zwaar op hem.

Alsof de deurwaarder aan die onuitgesproken gedachte van zijn bezoeker lag voort te spinnen, vroeg hij weldra, met gebroken stem:

'Denkt u dat ik zal sterven, eerwaarde?'

'Dat u zult sterven weet ik zeker, mijnheer de deurwaarder.' Hij wachtte even, opdat de meedogenloze werkelijkheid, door zijn woorden opgeroepen, zou doordringen, en voegde er toen op dezelfde afgemeten, doch enigszins barmhartige toon aan toe: 'Maar wannéér weet God alleen: morgen, over een jaar, over twintig jaar...'

'Ja, ik ben niet onsterfelijk,' zei de deurwaarder. 'De

dokter heeft toegegeven dat ik nooit ouder dan zestig zal worden, maar dat er aan de andere kant geen ernstige reden is om te geloven dat het vóór volgende maand of vóór volgend jaar moet gebeuren. Dat is weer één van die dubbelzinnige uitspraken, die je achter je oor kan steken.'
'Wie gelooft in het eeuwig leven, is altijd voorbereid op de dood.'
'Ja, dat wordt beweerd,' zei de deurwaarder met zachte ironie. Hij opende de ogen tot nauwe spleetjes en gluurde wantrouwig naar de staalblauwe overgordijnen die in een lus met gouden franjes waren opgebonden. Daarachter glansde het daglicht, paarlemoerig en herfstig, samenvloeiend rond een grote koffiebruine vlek die de zon was.
'Mijnheer de deurwaarder, deze wereld is slechts een vroongoed. Wij dienen ons iedere dag van ons leven voor te bereiden op de vrijmaking, die de dood is. Ook wanneer wij redenen hebben om te veronderstellen, dat ons nog menig jaar zal vergund worden, is het wenselijk dat wij zo vroeg mogelijk het einde van onze vroondienst verwachten, opdat we nog de gelegenheid zouden hebben om onze schulden af te doen en verzuimde plichten na te komen. Met andere woorden: dit leven is met een hypotheek belast en het zou onverantwoord zijn het tweede leven te aanvaarden zonder dit onderpand in te lossen. Ik spreek uw eigen taal, mijnheer de deurwaarder, zo zal u me zeker begrijpen. U bent een verstandig mens en ik hoop dat u over mijn woorden zult nadenken. Ik geef u in ieder geval deze raad in overweging. En nu moet ik gaan. Wanneer u me nodig hebt, mag u me altijd laten roepen.'

De deservitor stond van zijn stoel op om afscheid te nemen. Met een vlugge beweging pikte hij het zwarte schoteltje op dat aan de rug van de stoel hing. Het was zijn hoed. Hij streek met zijn mouw over het donkere satijn, als om een pluisje te verwijderen, maar hij zette het hoofddeksel niet op.
'Uw bezoek was me zeer aangenaam,' zei de deurwaarder en het leek inderdaad wel alsof hij er de priester dankbaar voor was. Voorzichtig strekte hij nu de benen naar het voeteneinde uit. Het was alsof zich onder de lakens een slang traag kronkelend voortbewoog. Toen liet hij er met sombere boosaardigheid op volgen, zonder zijn bezoeker aan te zien: 'Brengt u dan alstublieft bij de eerstvolgende gelegenheid ook een hortoloog mede, iemand die verstand heeft van tuinslakken en weet hoe hij ze moet verdelgen. Dat wijwater natuurlijk ook.'
De deservitor stond bij de deur stil. Hij wilde zeggen: 'waarde heer, niet uw kamer is door ongedierte overwoekerd, maar uw ziel,' doch toen herinnerde hij zich, dat hij iets dergelijks voordien reeds gezegd had. Hij zweeg en staarde naar het witte, uitgeholde raapgezicht op het oorkussen. Hij is bang omdat hij alleen achterblijft, dacht hij, omdat ik wegga en hem aan de slijmerige opdringerigheid van de slakken prijsgeef, en daarom maakt hij die boosaardige opmerking. Hij is doodsbenauwd.
Terwijl hij de trap afging, nog steeds met zijn hoed in de hand, hoorde hij iemand roepen: 'Mijnheer de aalmoezenier!' De keukendeur, die op de gang uitkwam, stond open. Hij stak zijn hoofd naar binnen. De huishoudster stond aan een laag tafeltje schorseneren te schrappen. Ze droeg rode gummihandschoe-

nen en een blauw schort. Ze noemde hem nooit anders dan mijnheer de aalmoezenier, waarom wist hij niet.
'Heeft hij er weer gezien?' vroeg ze. Haar stem, vochtig en hard, deed hem altijd denken aan een hete damp die vlug opsteeg, weer neersloeg en onmiddellijk vastvroor.
Hij bleef in de deuropening staan en zei:
'Ja, terwijl ik bij hem zat: aan het voeteneinde.'
'Aan...?'
'Aan het voeteneinde van het bed.'
Ze schudde meewarig het hoofd en spoelde een lange, melkwitte wortel onder de kraan af.
'Het is ellendig. Wat denkt u, zal hij ooit genezen, mijnheer de aalmoezenier? Het vreet aan zijn ogen, zijn buik, zijn hart. Als het nog lang duurt, wordt hij krankzinnig. Gisteren zag hij er een in zijn soep drijven. U kan zich niet voorstellen hoe ontmoedigend dat voor mij is. Ik durf er niet aan denken bladgroenten op te dienen, zoals sla en kool en selder, maar wat moet ik beginnen als hij er zelfs in de soep ontdekt?'
Het was koud in de gang en de deservitor bedekte zijn hoofd. 'Het is een ernstig, alhoewel niet hopeloos geval,' zei hij. 'Zijn geweten is bezwaard met een zondig verleden. Iedere slak is één van zijn zonden, slijmerig en zwart. Hij zal ze blijven zien tot het einde van zijn dagen, indien hij niet tot inkeer komt en zijn zonden belijdt en zijn gelaat weer naar Christus keert. Ze zullen zich vermenigvuldigen, ze zullen voortdurend talrijker worden, als een leger mieren zullen ze in dichte gelederen over zijn lichaam kruipen. Ja, u zegt het wel: het zal een beproeving

zijn die hem krankzinnig maakt. Moge God hem verlichten.'
De vrouw zag hem ontsteld aan. 'Mijnheer de aalmoezenier, u roept de verschrikkingen van de hel op!' Haar gezicht werd lang en uitgerekt, plat als een keilsteen aan de slapen. Ze had een levendige verbeelding.
Hij glimlachte weemoedig: 'God is de zondaars genadig.' En toen: 'Waarom schuwt hij de kerk? Het is betreurenswaardig.'
Ze haalde de schouders op. Haar gezicht zakte terug in en ze vatte tussen duim en wijsvinger het uiteinde van een lange, kromme schorseneer. Ze begon weer te schrapen, afwezig langzaam.
'Ik weet het niet,' zei ze. 'Hij is tamelijk gesloten, tegenover mij althans. Men kan zijn grond niet peilen. Maar hij denkt veel na, dat zie ik wel.'
'Zo.'
'Ja,' zei ze, 'hij denkt té veel na. Misschien dààrom.'
Ze trok een lange schorsrepel van de wortel af. De deservitor maakte een vage, dubbelzinnige beweging met het hoofd: haar argumentatie leek hem niet overtuigend genoeg, maar hij wenste er niet op in te gaan.
'Misschien loop ik morgen nog wel eens aan,' besloot hij. 'Ik hoop dat hij een rustige nacht doorbrengt, dat zou hem veel helpen. Mocht er intussen iets gebeuren, dan mag u altijd mijn hulp inroepen. Ik dring er zelfs op aan.'
Ze wilde hem uitgeleide doen, doch hij weerhield haar: 'Stoort u zich niet aan mij, ik raak de deur wel uit.'
Toen hij het huis verliet en naar de andere kant van

de straat overstak, had hij het gevoel alsof hier de wereld begon die door levende mensen bevolkt werd, mensen die op school Homeros gekauwd hadden en van toen af van om het even welk heldendicht gruwden, mensen die nooit Homeros gelezen hadden en nooit over hem zouden horen spreken, mensen die bewust leefden, gelukkig of ongelukkig, maar bewùst. Hij dacht aan de deurwaarder, aan diens ingekankerde goddeloze houding, aan zijn ingevallen wassen gezicht, zijn stoppelbaard, zijn angst. Hij dacht ook aan de slakken, met een gevoel van onbehaaglijkheid. Hij geloofde alleen aan God – niet aan het huiveringwekkende tweede bestaan van de deurwaarder, niet aan de wanstaltige monsters der verbeelding, niet aan de slakken. Op dit ogenblik – en altijd, jawel – was God een wit schuim dat bovendreef op de zwarte stroom van zijn eigen angst.

De nacht, die de deurwaarder thans doormaakte, was de onrustigste van alle. De huishoudster, die in de belendende kamer op een paljas op de grond sliep en de deur op een kier had gezet, hoorde hem, evenals Jacob te Pniël, de ganse nacht met de Engel worstelen. Omtrent de morgen raakte hij in een comateuze toestand die twee dagen en twee nachten lang aanhield. Zijn gezicht had een gelige, doorschijnende kleur: een uitgeholde raap waarin een kaarslicht brandde. Zijn dorre, omgekrulde bovenlip liet een paar snijtanden bloot; hij scheen te lachen. Een schrikwekkend doodshoofd. De huisdokter werd ontboden. Hij bracht zijn handkoffertje mee, maar hij deed het niet open. Gedurende ongeveer twee minuten stond hij roerloos aan het voeteneinde naar de patiënt te kijken, knipperde besluiteloos met de ogen en ging toen weg. Twee uren later keerde hij terug, vergezeld van een confrater van het plaatselijk medisch instituut. Ook deze had zijn koffertje medegebracht, maar hij liet het beneden in de gang achter. Hij voelde de pols van de deurwaarder, lichtte diens oogleden op, tikte met de nagel van zijn wijsvinger op de ontblote tanden en hield de patiënt een zakspiegeltje onder de neus, dit alles zonder de linkerhand uit zijn broekzak te halen. Daarna gingen ze beiden, de huisdokter en hij, zonder één enkel woord tot elkaar te hebben gesproken, de trap af.

Toen de deurwaarder uit het coma ontwaakte – het was een vrijdag omstreeks de vespertijd – zat de deservitor rustig naast het bed, de benen geschrankt alsof hij daar de hele tijd had gezeten, twee dagen en twee nachten lang, als een blad van een scheurkalender dat nog steeds de dag aanwees waarop de fatale ontregelende gebeurtenis begonnen was. Aan de rug van de stoel hing het zwarte schoteltje en op het linoleum stond een flauw lichtraam.

De deurwaarder opende de ogen en slaakte een diepe zucht. Zijn blinde blik was onbeweeglijk gericht op het lage plafond en scheen dit omhoog te willen beuren. Er was een donker vochtig vlekje op en mogelijk kon hij daar de ogen niet van afwenden. Maar de deservitor wist dat hij niets zag, dat zijn hart in het luchtledige klopte, dat hij slechts tot het bewustzijn was teruggekeerd en niet tot het leven.

Geduldig vouwde de deservitor de handen samen. Hij bad niet. Hij wachtte op iets en dit wachten vergde al zijn aandacht. Buiten was een eentonig gekrijs hoorbaar, alsof ergens een automatische tuinsproeier werd aangezet.

Het doodshoofd op het oorkussen bewoog even en de bloedeloze lippen openden zich. Een woord borrelde op, als een luchtbel. De deservitor boog zich voorover en luisterde aandachtig. Hij herkende het woord. Het overweldigde hem. Hij fronste het voorhoofd, bekneep de kralen van de rozenkrans in zijn zak. Hij nam het woord in zijn eigen mond en zwolg het in. Het zakte naar zijn maag en zwol als een spons. Het deed zijn maag uitzetten.

De deurwaarder herhaalde, kreunend: 'De slakken...' Hij ijlt, dacht de deservitor, het zijn de kwaadaardige koortsen die beginnen – zou dit het einde zijn? Instinctmatig vouwde hij weer de handen samen en zegde halfluid de aanhef van de tweeënveertigste psalm op: 'Gelijk een hert schreeuwt naar de waterstromen, alzo schreeuwt mijn ziel tot u, God. Mijn ziel dorst naar God, naar de levende God; wanneer zal ik ingaan en voor Gods aangezicht verschijnen? Mijn tranen zijn mij tot spijze dag en nacht, omdat zij de ganse dag tot mij zeggen: waar is uw God...?'

De zieke lag stil, als volgde hij met verinnerlijkte aandacht de woorden van het gebed. Heel even scheen zijn blik weg te zweven, naar het gesloten raam, waar het koude licht op de ruit drukte. En toen, terwijl de stem van de priester vervaagde en in de plotse aantocht van stilte het krijsen van de tuinsproeier weer hoorbaar werd, bewoog hij andermaal de lippen.

'God is een slak,' verstond de deservitor.

Hij zag de ongelukkige medelijdend aan. Arme man, de slakken hadden zijn hersens uitgevreten. God is een slak. Ja, Gòd had zijn hersens uitgevreten. Het was geen godslastering, het was niet de uitdaging van een zinneloze – wat hij zegde was de waarheid. Het was een antwoord op de klacht uit de psalm: waar is uw God? Toen Christus op Golgotha aan het kruis hing en in een ogenblik van zwakte Zijn stem verhief tot Zijn almachtige Vader, kroop langs de rug van de kruispaal traag een zwarte, glimmende slak omhoog. God had Hem nooit verlaten, ook niet in het uur van de dood. Maar Hij wist het niet.

Hij omvatte de gele, pezige hand met de spitse, door de ammonia verbleekte vingertoppen, die op het laken rustte. 'Mijnheer de deurwaarder, hoort u me?' De huid van de hand, die hij vasthield, voelde lauw en vochtig aan. Als een pas gelooide dierenhuid, dacht hij. De neusgaten van de zieke stonden wijd open. Hij ademde onregelmatig en gaf geen antwoord.

Hij hoorde waarschijnlijk alleen de stilte die in hem aan het groeien was: als een geluid. Of als een kleur, op een donkere achtergrond? De dood ging komen, als een dienaar van de bovenmenselijke wet, om de deuren te verzegelen. Om beslag te leggen op de ziel en de ongedelgde schulden te inventariseren.

Er werd zachtjes op de deur geklopt. Het was de dood nog niet. De huishoudster kwam binnen. Ze stelde zich zwijgend achter de stoel van de deservitor op. Blijkbaar keek ze over zijn hoofd naar het ziekbed, naar het doorschijnende uitgeholde raapgezicht op het oorkussen.

'Zou hij het halen?' fluisterde ze de priester in het oor. Hij keek niet om. Ze hijgde nog steeds naar adem, als een blaasbalg waarvan de windpijp op zijn nek gericht was. Ze was niet jong meer en kon nog slechts met moeite de zesentwintig treden van de hoge trap aan. Hij beantwoordde haar vraag niet rechtstreeks: 'Hij is bezeten van de slakken. Ze vergiftigen niet alleen

zijn verbeelding, maar ook zijn bloed. Als hij zijn zonden maar wilde belijden; de biecht zou hem bevrijden van die monsterachtige obsessie.' Hij tikte met de wijsvinger tegen de kom op het nachtkastje: 'Ik zal morgen wat wijwater meebrengen ter vervanging van dit goedje.'
'Hij zal het merken.'
'Hij zal het niét merken: hij is nog niet bij zijn volle verstand. Overigens, hij màg het merken.'
'Hij zal het niet willen.'
'Het is om zijn bestwil. Hij verkeert op dit ogenblik niet in een toestand om zelf te kunnen beoordelen wat goed voor hem is.'
Ze aarzelde en kwam naast hem staan.
'En... de rekening?'
'Het is kosteloos, wees gerust.'
Ze knikte. Zijn edelmoedigheid scheen haar om een of andere reden te ontroeren.
'Het is in elk geval heel wat goedkoper dan ammonia,' zei ze. 'Hij heeft er al een halve liter van gebruikt.' Ze wierp een wanhopige blik om zich heen: 'En de meubels. Ik word halfgek, als ik er aan denk. Ik zal een half jaar moeten sloven om er weer wat glans op te krijgen. Bijt wijwater ook in?'
Hij glimlachte geruststellend: 'Neen. Het is kosteloos en het bijt niet in. En bovendien is het zeer heilzaam.'
'Ja,' zei ze met een tevreden hoofdknik, 'de dokters...'
Ze voltooide haar zin niet. De zieke had zich eventjes bewogen. De hand van de deservitor verzocht om stilte.
De deurwaarder had hun het gelaat toegewend, maar hij zag hen niet. Zijn ogen waren dood en de kleur van

zijn iris leek veel bleker. Zijn adem moest schroeiend heet zijn, want zijn neusgaten stonden niet alleen wijd open, maar ze leken diep en zwart uitgebrand.
De huishoudster kwam weifelend een stap dichterbij: 'Mijnheer... Kan ik iets voor u doen?'
'Hij hoort u niet,' verzekerde de deservitor.
Ze keek hem vragend aan.
'Neen, hij hoort en ziet u niet.'
Haar ogen werden angstig groot.
'Is hij... dood?' fluisterde ze en greep de rug van de stoel vast.
'Neen, hij leeft aan de binnenkant. Wij zijn dood – voor hem althans. Het is als een droom, een bedwelming, een slaap tijdens welke zijn zintuigen uitsluitend voor een inwendige werkelijkheid gevoelig blijven.'
'Meent u dat het zó zal blijven? Ik bedoel: zal hij ons nooit meer kunnen zien of horen? Of...?'
Hij wist wat ze bedoelde. Ze had het woord zoëven nog uitgesproken, maar het mocht niet herhaald worden. Het zou daardoor een gevaarlijke, onafwendbare kracht verkrijgen en de bedreiging die het verklankte aanlokken.
Hij haalde de schouders op, richtte zich moeizaam op. 'Ik kan me hierover niet uitspreken, ik ben geen dokter. Ik kan alleen zijn ziel indringen en een prognose stellen omtrent de ziekte die daar woekert. Maar aangezien de ziekten van het lichaam soms in een ziekte van de ziel hun oorsprong vinden, zoals dit hier vermoedelijk het geval is, mogen we deze samenhang niet over het hoofd zien.' Hij haalde de rozenkrans uit zijn zak te voorschijn: 'Kom, laten we samen bidden voor het heil van zijn ziel, die in grote nood verkeert, om vergiffenis voor zijn zonden te bekomen.'

De huishoudster schrikte plots op en stak met een wanhopig gebaar de armen op:
'De melk! Neem me niet kwalijk, mijnheer de aalmoezenier, ik moet naar beneden: de melk staat op het vuur.'
Ze liep meteen naar de deur, met grote passen. De deservitor hoorde haar de trap afhompelen. Hij knielde neer op het karpet vóór het bed en bleef alleen in de kamer achter, met de ziel van de deurwaarder en de onzichtbare slakken.

De spirea's onder het venster waren uitgebloeid en het melige licht van de dag ging over de neerhangende trossen verduisteren. In de lucht, laag over de heg en de moestuin, dreef een broos, draderig zilveren spinsel, de dauw van de herfst.
De deservitor zat voor het open raam. Hij legde zijn brevier op de vensterbank en keek lange tijd naar buiten, naar de schaduwen in de pastorietuin. Dit is een van de avonden waarop de meeste mensen sterven, dacht hij, maar hij had niet kunnen zeggen waarom. Een van die avonden die het hart van de stil en ingekeerd levende mens onrustig en voorgevoelig maken, die hem doen nadenken over het begin en het einde, over al wat daartussen ligt en hij niet begrijpen kan. En over zichzelf, de zondige mens, het eeuwig begin en het eeuwig einde, de lemen kruik waarin de pottebakker een steen had laten zitten.
Weldra gingen zijn gedachten uit naar de deurwaarder, wiens angst voor de dood blijkbaar zo groot was dat hij er in slaagde te blijven leven. Alléén door zijn angst; want wie klein is als zijn uiterste uur gekomen is, is ook klein genoeg om door het oog van een naald

te kruipen. Misschien was dit een paralogisme – maar hoe kon het anders? Heel het verleden van de deurwaarder was blijkbaar door paralogismen beheerst. Hij had rondgedwaald in de nacht van het ongeloof, vol hooghartige zelfmisleiding, en zijn zondige gedragingen en gedachten hadden de afschuwelijke slakken uitgebroed die hem thans het sterven zwaar en smartelijk maakten. Eens had hij, in het begin van zijn ziekte, tijdens een van hun lange gesprekken, beweerd dat een zondig mens nooit geheel zondig was, en dat was waar, maar die woorden had hij niet in zichzelf gevonden. Hij had ze gelezen bij Van Schendel, in de aanhef van het ontroerende verhaal 'Angiolino en de Lente'. Zijn leven lang had hij woorden aan anderen ontstolen en tot de zijne gemaakt zonder enig schaamtegevoel; zijn leven lang had hij achter de ideeën van anderen aangelopen als een beunhaas achter het vaandel van een corporatie. Zo had hij niet alleen zichzelf bedrogen, maar ook God en de mensen.

De zon, achter de tuin, was koudrood in de avondnevel gesluierd. Het werd koud in de kamer en de deservitor stond op om het raam te sluiten. Een paar seconden nadien werd de bel overgehaald. Het was als een menselijke stem die een schreeuw van pijn gaf. De meid liet de huishoudster van de deurwaarder binnen. De deservitor stond nog steeds bij het raam, één hand op de rug van de stoel die hij had aangeschoven en op dat ogenblik weer wilde wegnemen. Hij keek de vrouw vol nieuwsgierige verwondering aan. Haar gezicht, zag hij, was krijtwit en haar grijzende haar scheen vochtig van de mist.

Haar halsdoek, die ze losjes had omgeslagen, viel op

de grond. Ze wilde zich bukken om hem op te rapen, maar halfweg veranderde ze van gedachte en toen zei ze eerst wat ze te zeggen had, vlug en ademloos, niet zo vlug als de bel, maar in dezelfde dominant:
'Mijnheer de aalmoezenier, ik geloof dat het zo ver is. Hij ligt op zijn uiterste. Wilt u alstublieft meegaan? Ik...'
'Hebt u al een dokter gehaald?' vroeg hij.
'Neen, ik ben maar dadelijk hierheen gelopen. Ik zal...' Ze raapte steunend de halsdoek op. 'Ik ga dadelijk met u mee,' zei hij.
'Ik loop eerst om de dokter. Hier is de sleutel, dan hoeft u op mij niet te wachten.'
Ze gaf hem de sleutel. Opeens moest hij weer denken aan het voorwendsel waarmede ze zich een paar uren geleden aan een dringende plicht onttrokken had: de melk staat op het vuur, ik moet naar beneden. Nu echter was het gevaar dreigend; de dood hield geen rekening met een liter ongekookte melk.
Terwijl hij alles klaarlegde wat hij nodig kon hebben – de stool, een palmtakje, de capsula met de gewijde olie, de watten – hoorde hij de huishoudster in de gang met de meid staan praten. Het hart en de mond, dacht hij, zijn communicerende vaten, maar waarom is dit niet het geval met het hart en de ziel?
Even na de huishoudster verliet hij de pastorie. Hij stapte haastig voort en bereikte in minder dan twee minuten de woning van de deurwaarder. Het was een oud somber herenhuis, waarvan de donkergroene persiennes op de benedenverdieping bijna nooit geopend werden. Het was een huis waarin een moord kon gepleegd zijn of nog gepleegd worden. Een huis dat over vijftig of misschien honderd jaar, vervallen

en onbewoond, met een op onheilspellende wijze krakende houten vloer en een spookachtige eentonige regendrop in het trapportaal, aan de schuwe en vreedzame alleenheerschappij van spinnen en duizendpoten en slakken zou prijsgegeven zijn.

Terwijl hij de sleutel in het slot omdraaide, poogde hij zich de overige woorden te herinneren uit de aanhef van 'Angiolino en de Lente' (Van Schendel was één van zijn eerste liefden geweest, hoe had hij met Tamalone gedweept!): 'Een zondig mens is nooit geheel zondig, evenmin als een arme, hoe arm ook, geheel en al arm is...' Het was een mooi begin, maar ook het einde was mooi – men kon het een zinrijk verhaal noemen. Angiolino was de herrijzenis, de opstanding, de lente zelf – doch de deurwaarder was de verdoling, de zelfverdoemenis, de weg naar verderf en ongeloof. Was er dan geen hoop voor hem, die de Waarheid voorbijging, hoogmoedig en met afgewend hoofd, evenals de vele welgestelden die Angiolino voorbijgingen wanneer hij op de brug zijn hand naar hen uitstak?

In de gang stond hij stil om te luisteren. De koude stenen stilte kwam tot leven. Ver weg, waarschijnlijk in het huis van de buren, zoemde een stofzuiger. Of was dit het geluid dat hij reeds eerder had gehoord en dat hij toen voor het krijsen van een automatische tuinsproeier gehouden had?

Hij ging de trap op; de treden kraakten telkens luider. Vóór de deur van de kamer, waar hij vandaag voor de tweede keer kwam, bleef hij andermaal stilstaan. Hij keerde zich om, keek de trap af en zag de diepte waaruit hij was opgeklommen. Het gaf hem een gevoel van onzekerheid, want niemand wist precies hoe hoog hij kon stijgen alvorens hij weer in de diepte viel. Hij stond daar en mat met de ogen de afstand naar beneden en het was alsof hij tijd genoeg had, alsof hij gekomen was om de verzameling opgeprikte vlinders van een herstellende zieke te bekijken.

Eindelijk ontblootte hij het hoofd en opende zacht de deur. Een vreemde stilte, die niets gemeen had met de stilte overal elders in het huis, duwde hem achteruit. Als een grijs water was de avondschemering de kamer ingestroomd en het bed met de zieke, de spiegelkast, het stilletje en het nachtkastje dreven troosteloos tussen de muren rond.

Tussen de spiegelkast en de deur, op een soort mimitafeltje, had hij tijdens zijn vorige bezoeken een schemerlamp opgemerkt. Hij vond al tastend de schakelaar en stak het licht aan. De deurwaarder lag met het hoofd naar hem gekeerd en zag hem vlak in de ogen. Zijn mond was opengevallen: een zwarte holte waarbinnen de tanden blonken als messen – het scherpe ongelijke gebit van een roofdier. De scherpe neus sneed het grauwe gezicht in twee helften, een lichte en een beschaduwde helft. Het leek alsof hij in een ongemakkelijke houding in slaap gevallen was en daarbij het hoofd nog met de hand had willen ondersteunen. Zijn hand, knokig en gebald, lag inderdaad onder zijn kin. Hij sliep met de ogen open en scheen verschrikt voor zich uit te staren.

De deservitor zag dit alles zonder zich te verroeren. De moedeloosheid die hem overviel was als het begin van een zwaar schuldgevoel. Hij is niet oud geworden, dacht hij, vierenveertig. Die gedachte weerklonk hoorbaar in het vertrek. Ze was een wezenlijk geluid, alsof hij ze had uitgesproken; en, zó gehoord, had ze iets oneerbiedigs. Maar hij vermande zich: ach wat, ik laat me meer met deze éne verdoolde in dan met al mijn rechtgelovige parochianen; ik weet dat dit niet verkeerd is, want hij heeft vóór alle anderen mijn hulp en voorspraak nodig, maar het is onbillijk.

Hij ging naar het raam en schoof de staalblauwe overgordijnen toe. Op straat naderden haastige stappen, maar ze verwijderden zich weer. Het was de huishoudster niet. Ik moet mijn werk doen, vóórdat de dokter komt, besloot hij. Hij keerde naar het bed terug, met een knaging in zijn binnenste. Hij drukte de dode ogen toe, legde het hoofd recht en knielde neer, de handen samengevouwen, om zijn werk te doen.

Toen viel zijn blik op het nachtkastje en op de witte gleizen kom. Hij wist niet waarom, maar hij richtte zich langzaam weer op. De kom oefende op hem eenzelfde aantrekkingskracht uit als de kristallen bol van een waarzegster: geheimzinnig en betoverend, was er een toekomstig gebeuren in te lezen, dat hoop of vrees verwekken kon, blijdschap of droefheid.

Hij strekte de hand uit, maar trok ze onmiddellijk weer terug. Met ontzetting staarde hij naar de kom en zijn bloed stond stil. 'Dat is duivelswerk... dat is duivelswerk...' kreunde hij. De kom was leeg, maar op de bodem lag, dik en gezwollen, een zwarte slijmerige slak.

Dicht bij het water

Jozef ziet de zee

Jozef zag de zee. Ze was blauw en groen en dichtbij het strand was ze blond. Een koperen zon dreef op het water en een glimmerleien zon vrat aan de klippen.
Hoe lang zal ik de zee zó zien? vroeg hij zich af. Hoe lang nog zal ik dit moeten blijven begrijpen: dat de zee eeuwig is en dat ik sterven moet? Ik hoor bij het land, bij de blonde aarde, die door de zee afgeknaagd wordt en meegevoerd. Zoals de zon vreet aan de klippen en het water knaagt aan het land, zo vreet en knaagt de eeuwigheid aan mijn lichaam. Zij zal mijn lichaam telkens met kleine deeltjes in haar donkere wateren meevoeren, zo lang totdat mijn ziel blootligt. Want men zegt dat het lichaam een ziel omsluit.
Het licht, dat van overal kwam, drukte zijn ogen toe. Hij luisterde naar de branding. Soms hoorde hij ze ver weg, soms dichtbij, alsof ze zo dadelijk zijn voeten ging bespoelen. Dat kwam door de wind, dacht hij.
Hij keerde zich om, opende de ogen en zag het strand. Hij zag de lichtgouden zandige glooiing, gepokt door ontelbare voetindrukken; hij zag de vele kleurige vlekken der badpakken, de bruine lichamen, de badstoelen. Gezichten zag hij niet, daarvoor waren ze te vèraf. Dat was eigenlijk maar goed óok: hij verlangde er niet naar ooit maar één van hun gezichten te zien. Hij wist hoe de gezichten van badgasten er

uit zagen: jong, levenslustig en gezond. Geen van hen allen was hierheen gekomen om te sterven, om zijn lichaam langzaam tot ontbinding te zien overgaan, om zijn hoofd op de blanke duinen te leggen en de ogen te sluiten zonder hoop. Hun lichamen werden niet afgeknaagd door de eeuwigheid. Zij waren jong en sterk en gezond, en zij konden lachen. Ook zij zagen de zee, ze waren opzettelijk hierheen gekomen om ze te zien, maar ze begrepen ze niet. Ze beseften niet dat de zee altijd dieper en verder het land aanvrat en dat dit vreten gestadig verlies van leven was.

Voor hen was de zee geen verschrikking, omdat ze niets van hun lichamen meevoerde. Voor hen was de zee een groots schouwspel, een bestendiging van het leven. Voor wie gelukkig is en de dood niet in zijn bloed aanwezig weet, is al wat bestaat een groots schouwspel.

Daarom ook keken zij, die op het strand zaten of lagen of met de bal speelden en zandkastelen bouwden voor hun kinderen, nooit achterom naar het grote glazen gebouw dat, een eind landwaarts in, op een hoogte achter de klippen verrees. Degenen die er toevallig wél naar opkeken, wisten waarschijnlijk niet dat het een sana was. Misschien dachten ze dat het een hotel was, een zomerverblijf van bevoorrechten. Ze keken er in ieder geval nooit lang naar; dadelijk wendden ze het hoofd weer af, strekten zich uit in het hete zand of staarden naar de hemel boven de zee. Alleen de zee boeide hen. Ze waren opzettelijk gekomen om het grote water te zien, om verbonden te blijven met het leven, met datgene wat zij als het leven beschouwden.

Jozef zocht met de ogen het glazen gebouw achter de

klippen. Er was een treurige gelatenheid in zijn hart. Achter zijn rug kwam het grote water opzetten, zeer traag, maar onafwendbaar, soms luid loeiend, soms zacht fluisterend. Dat kwam door de wind. Hij begreep er alles van. Zoals al diegenen, die logeerden in het glazen gebouw, had hij een feilloos gehoor voor de stem van de zee. Alleen zij konden de zee werkelijk begrijpen.
Hij stond onbeweeglijk en hoorde het gejoel van de kinderen boven het ruisen van de branding uit.

Olga ziet Jozef

Olga zag Jozef. Hij liep over het strand, dichtbij het water, van de badgasten weg. Zij kwam van de andere kant, ook dichtbij het water, en liep naar de badgasten toe. Het licht, dat van overal kwam, verblindde haar. Maar het verhinderde haar niet Jozef te zien, hem te herkennen als iemand uit een droom, iemand die men nooit te voren gezien heeft, maar van wie men stellig weet dat hij bestaan moet. Zo zag ze hem: ze wist wie hij was en waarheen hij ging.
Ze ontmoetten elkaar op een met schelpengruis bezaaide zandplek. Olga, die barrevoets liep, stond opeens stil en nam met een verveeld gezicht één van haar voeten in beide handen. Ze stond daar wankelend, op één been, en onderzocht haar blote voetzool. Haar zwarte haren vielen als een sluier voor haar gezicht.
Jozef stond op zijn beurt stil.
'Ja, dat kan pijn doen,' zei hij en kwam belangstellend nader.

Ze keek heel eventjes op en glimlachte flauw.
'Bloedt het?' vroeg hij.
'Neen,' zei ze, 'het is niet zo erg. Een onschuldig scherfje.'
Ze streek met de hand over haar voetzool en ging weer op beide benen overeind staan in het gloeiende zand. Daarna wierp ze met een korte beweging van het hoofd het haar achterover.
Ze keken elkaar nieuwsgierig aan en toen vroeg ze, met een vlugge blik in de richting van het glazen gebouw:
'Jij logeert dus ook daarboven?'
'Ja. Jij ook?'
Ze knikte. 'Ik ook. Nog niet zo heel lang, ik ben pas eergisteren aangekomen.'
'Dat dacht ik al,' zei hij, 'ik heb jou nog nooit gezien.'
Wat is ze nog erg jong, dacht hij. Misschien was ze niet eens drieëntwintig. Hij zelf was zo pas dertig geworden.
Ze staarde afwezig naar de zee en zei niets. Hij wilde vriendelijk zijn, omdat ze er zo droefgeestig uitzag, en vroeg:
'Ben jij ook teebeecee?'
Het woord scheen haar bang te maken, ze keek hem geschrokken aan. Misschien was ze er nog niet helemaal aan gewoon of geloofde ze het zelf niet. Haar lippen bewogen eventjes, maar omdat de branding op dat ogenblik nogal hevig aanrolde verstond hij haar niet. Waarschijnlijk zei ze: ja.
Hij liep een eindje met haar op, dichtbij het water, naar de badgasten toe. Hij verbeeldde zich dat het iets worden kon met haar, dat ze onstuimig in haar omhelzingen was en dat ze prachtig schaamhaar had.

Hij dacht vaker aan zulke dingen, maar dat ging meestal gauw over. Dat was misschien een gevolg van zijn ziekte, zijn ongeneeslijke ziekte.

'Ik ben hier al iets langer dan een jaar,' zei hij. Hij keek naar de glinsterende schelpjes voor hun voeten en voegde er op vrij heftige toon aan toe – vanwaar die heftigheid wist hij zelf niet –: 'Hoe lang het nog zal duren weet ik niet, maar ik doe in ieder geval niet zoals de meesten in onze zaal: die lummelen de godganse dag in hun stoelen en verroeren zich niet. Men moet de zee durven tegemoet gaan.'

'Waarom de zee?' vroeg ze.

'Het is de zee die onze lichamen aanvreet, die ze langzaam afknaagt,' verklaarde hij. 'De zee is de eeuwigheid. Men kan zijn lijden verkorten door ze tegemoet te gaan.'

Ze bekeek hem verwonderd.

'Sommigen schrijven gedichten,' zei ze. 'Een meisje in onze zaal.'

'Dat is dwaas,' zei hij. Hij lachte kort.

Ze waren onwillekeurig wat verder van het water weggegaan en liepen nu te midden van de badgasten. Jozef gluurde naar de slanke bruine lichamen van de jonge vrouwen die zich languit lagen te koesteren in de zon.

'Ben jij nooit bang?' vroeg Olga.

'Bang is het woord niet,' antwoordde hij. 'Soms denk ik: het kan nog lang duren, waarom gaat het niet wat vlugger? Dan zie ik het ten minste gebeuren, dan lijkt het wat meer op sterven. Nu lijkt het een langzaam afschilferen. Maar even dikwijls denk ik: er zijn er toch ook die genezen...'

'De dokter heeft me gezegd dat ik over drie maanden weer naar huis mag,' zei ze.

'Jaja, dat zeggen de dokters altijd,' merkte hij wrang en meedogenloos op.
Hij had echter dadelijk medelijden met haar. Dat hoefde hij niet gezegd te hebben. 'Het is natuurlijk niet uitgesloten,' zei hij haastig.
Op de dijk schalde een luidspreker. De badmeester, in een wit jasje op zijn hoge stelling, tuurde aandachtig over het water.

De kinderen moeten weggehaald worden

De kinderen, in hun helkleurige badpakjes, liepen wild achter de bal aan. Ze gilden en gooiden elkaar omver en een dikke, logge vrouw met een zonnebril, de moeder van één van hen, riep van uit de verte: 'Jozef, ga niet zo dichtbij het water!'
Hij heet ook Jozef, dacht Jozef. Hij ergerde zich daarover, alsof de vrouw tot hem geroepen had, alsof hij het was die niet te dicht bij het water mocht komen.
De bal vloog in hun richting. Jozef, de grote Jozef, schopte hem terug. Op dat ogenblik hoorden ze de dikke vrouw zeggen, heel wat minder luid, maar verstaanbaar genoeg: 'Thieu, gauw, haal de kinderen daar weg. Het zijn teebeeceeërs, zie je dat niet?'
Thieu, haar man, kwam al aanlopen op zijn lange schrale en donker behaarde benen, de poten van een spin onder een vergrootglas. Hij nam twee van de kinderen bij de hand en bracht ze weg. 'Kom, ga ginder spelen,' zei hij. 'Waarom lopen jullie altijd zo dichtbij het water?'

Dichtbij het water, zei hij. Ja, dàt zei hij. Jozef en Olga keken elkaar sprakeloos aan. Olga keek hevig ontsteld.
'Waarom doen ze dat? Waarom doen ze dat?' fluisterde ze.
Hoe bleek was haar gezicht. Was dat altijd zo bleek? Jozef antwoordde niet. Ja, waarom doen ze dat? Hij keek Thieu na, die zich met beide kinderen verwijderde. Ze doen dat, omdat ze zelf niet ziek zijn, omdat ze gezond willen blijven en gezonde kinderen hebben. Ze doen dat, omdat ze nog vele jaren hun verlof willen komen doorbrengen in een strandhotel en niet in het glazen gebouw op de hoogte achter de klippen, omdat ze vrezen dat ook hùn sterke dierlijk prachtige en gebruinde lichamen door de zee zouden kunnen afgeknaagd en meegevoerd worden. Dààrom doen ze dat, en omdat ze laf zijn.
'Kom,' zei hij, 'willen we maar liever teruglopen?'
Hij keerde zich om en ze ging zwijgend met hem mee. Ze liepen de kant uit vanwaar ze gekomen waren, maar op grote afstand van het water.
Ze hoorden de badmeester door zijn megafoon roepen.

Er is geen God

Ze waren de duinen ingegaan en op zeker ogenblik zagen ze de zee niet meer. Maar nog steeds zagen ze, een weinig meer naar links nu en vlak bij de blauwe onbewolkte hemel, de reusachtige serre, het sana – een meedogenloze schittering in de zon. Dàt zouden ze altijd blijven zien, waarheen ze ook gingen.

'Mijn naam is Jozef,' zei hij.
Bleek en treurig was haar gezicht; het gezicht van iemand die honger heeft. Omdat ze bleef zwijgen, vroeg hij:
'Hoe heet jij?'
'Olga,' zei ze zacht en afwezig.
Ze gingen zitten in het zand, aan de rand van een duinpan.
Nu zagen ze nog slechts het dak van het sana, maar toch was het nog steeds zichtbaar. Nooit zou het verdwijnen, zelfs niet zo de zee tot aan de kliphoogte steeg en er alles overstroomde. Het zou er altijd zijn. En zolang het er was, zouden de badgasten er het hoofd van afwenden, schuw en laf. Het sana behoorde tot de orde van de dingen. Waarschijnlijk was het ook eeuwig, zoals de zee.
Olga zat met opgetrokken knieën naar de lucht te staren, de rug gekeerd naar de onzichtbare zee. Ze droeg een donkerblauwe corsaire met een witte bies, en daaronder staken haar benen uit, ongelooflijk blank en lang en mager. Haar ogen waren ongemeen glanzend, maar donker, bijna even donker als haar haren.
Toen kwam haar stille vermoeide stem over hem, samen met het zwakke geruis van het verre water:
'Waarom verdedigen wij ons niet? Het leven is toch niet zó?'
'Misschien is het leven wél zo,' zei hij. Hij trok een helmsprietje uit en herhaalde wat hij gezegd had: 'Misschien is het leven wél zo...'
'Dan is er ook geen God,' fluisterde ze.
'Neen, er is geen God,' antwoordde hij gelaten. 'Waarom zou er een God zijn?'
Hij wierp het grashalmpje over zijn schouder weg.

Zij sloeg de handen voor haar gelaat en begon zachtjes te huilen. Onbewogen keek hij naar haar gebogen rug en vroeg zich af of ze huilde omdat er geen God was. Dat was niets om over te huilen. En zelfs als er wél een God was, zou het leven precies eender zijn, alles en àlles precies eender, en dan zou al wat tot nog toe gebeurd was op dezelfde wijze en volgens dezelfde wetten gebeuren. Ook dàn zouden zij beiden in het grote glazen huis op de hoogte logeren en zou die kwal tot haar man gezegd hebben dat hij de kinderen moest weghalen. Dat was helemaal niets om over te huilen, begreep zij dat dan niet?
In de verte loeide een boot. Het moest een grote boot zijn, met twee of drie schoorstenen. Een boot die langs de zeeëinder voer. Achter de zeeëinder ging het altijd verder: land, water, land, water... Nooit eindigden het water of het land in een gebied dat toebehoorde aan een God. Het water en het land gingen in elkaar over, gewoon in elkaar over. Velen van degenen die het grote water bevoeren geloofden wél aan een God. Omdat zij er een nodig hadden. Zij konden niet buiten een veilig vertrouwen in Iemand die de verraderlijke zee kon bevelen en bedwingen, Iemand als de timmermanszoon uit Nazareth die over de golven zou gewandeld hebben. Hun geloof was een surrogaat voor doodsverachting. Zodra zij echter aan wal gingen geloofden zij aan geen goden meer, zij hadden geen behoefte meer aan een bovennatuurlijke macht, zij wisten dat ze alleen bang en laf geweest waren en hun toevlucht hadden genomen tot een droombeeld, een luchtspiegeling. Het land maakte geen heiligen, het water wél. Er was dus geen God en het leven, Olga, was dus wel degelijk zó.

Misschien kon hij het haar wel uitleggen. Mogelijk begreep ze hem en hield ze op met huilen.

'Ja, wij kunnen...' begon hij, maar toen sprong ze opeens overeind en liep tegen de heuvel op. In de richting van het strand liep ze; hij zag haar achter de duinrug verdwijnen en keek haar verbaasd na.

Hij stond op zijn beurt op, aarzelde en beklom langzaam de heuvel. Het rulle zand schoof in zijn schoenen. Hij haastte zich niet.

Op de top gekomen, zag hij haar onmiddellijk. Ze liep nog steeds voort en bevond zich al op korte afstand van het water. Dichtbij het strand was het water blond, met zilveren glinsteringen erin.

Alhoewel hij wist wat er in haar omging, rende hij haar niet na. Zij had het recht te kiezen tussen de zee en het glazen gebouw. Het was het recht van alle mensen te kiezen tussen een lange en een korte doodsstrijd. Hij had medelijden met haar, doch hij riep haar niet terug. Hij kon haar niet helpen.

Ze liep het hoog opspattende water in, verder en verder. Hij bracht de hand boven zijn ogen. Het licht dat van over de zee kwam was verblindend; naar het midden toe was het groen en blauw en koperachtig.

Reeds reikte het water haar tot aan het middel. Gelaten keek hij toe. Maar plots ging ze niet meer verder: ze stond weifelend stil. Weldra draaide ze zich om. Ze zag hem staan, onbeweeglijk op de heuveltop. Hij wist dat ze naar hem keek, maar hij maakte geen enkele beweging, geen enkel gebaar. Er was een grote afstand tussen hen: het wijde, verlaten strand.

Olga, Olga...

Toen waadde ze langzaam door het water terug naar de oever. Terug naar het leven.

De overspeligen in het koningsgraf

Het komt er op aan het leven op de tong te proeven en desnoods tijdig weer uit te spuwen, dacht Joris zelfgenoegzaam. Nooit helemaal inzwelgen, want dan kon je door hartstocht of wanhoop verwoest worden en niets was zo armzalig, zo achterlijk, zo onefficiënt. Dank zij deze stelregel was hij er in geslaagd iets van zijn leven te maken. Niet iedereen schopte het op tweeëndertigjarige leeftijd tot assistent bij een meteorologisch instituut. En om een getrouwde vrouw met een doctorsbul en een nagenoeg blanco liefdepalmares te veroveren was er ook heel wat flair voor nodig. Als je het veroveren kon noemen. Hij had haar eigenlijk heel toevallig gevangen; ze was op zijn hand neergestreken als een argeloos vogeltje op een lijmroede. Geleerde vrouwen waren doorgaans argeloos in de liefde. Hij glimlachte vol zelfvertrouwen. Het leven was ten slotte nog niet zo'n zwijnepan. En Elza – o, she was wonderful.
Voor de verlichte etalage van een vunzig, rommelig boekwinkeltje bleef hij staan kijken naar de verkleurde boekomslagen waarvan de hoeken in de zon waren omgekruld: de luchtige toiletten en uitdagende glimlachjes van de Gevallen Engelen, een close-up van De Cocaïnesmokkelaar met het Peter Lorre-gezicht en op de achtergrond een rokerig tingeltangel-interieur met bamboegordijnen en blonde vamps die op sigarettepijpjes sabbelden. Een honds gevoel kwam in hem op, maar hij onderdrukte het niet. Hij kon daar niet tegen op, het was het enige in zijn leven dat hij nooit naar

zijn hand had kunnen zetten. De moordende hitte, die nu al weken lang aanhield en een man zo hengstig maakte dat hij bij de geringste aanleiding visioenen had, maakte het hem ook niet gemakkelijker. Waarom zou hij zich overigens daartegen verzetten? Het kon geen kwaad dat hij in een opgezweepte stemming bij Elza aankwam, dat zou haar magnetiseren.
Duizelig liep hij verder. Een zware, lijmerige lucht hing over de stad. Hij ging het plein over. Schaduwmuren kantelden over hem neer als de schoepen van een reusachtig scheprad dat in de ruimte wentelde. De grote, onbeweeglijke schaduwmuur waar hij plotseling voorstond, was de statige eeuwfeestgevel van het etnografisch museum. Een witte vlek op de poort van de vooringang trok zijn aandacht, maar hij hoefde niet dichterbij te gaan om te weten wat het was. De hele stad door trof men dergelijke bordjes aan, die door niemand meer gelezen werden: *gesloten wegens de hitte.*
Om het gebouw heen lopend, kwam hij bij een verweerde afgeschilferde deur. Zonder veel moeite duwde hij ze met zijn ene hand open. Een smalle ijzeren wenteltrap bracht hem naar de eerste verdieping, waar hij tegen een muur opliep die daar, naar het hem toescheen, voordien niet geweest was. Maar omdat muren niet zo maar vanzelf verrijzen, besloot hij dat hij zich moest vergist hebben. Tastend, een beetje onzeker, zocht hij in het donker naar de dubbele klapdeur. Zodra hij ze gevonden had, stiet hij ze met een zelfbewust en bijna opgewekt gebaar open.
Aan het einde van de lange overloop aarzelde hij nog even. De deur van het kantoor van mevrouw de hulpconservator was van mooi donker hout, gevlamd en

gepolijst, heel wat anders dan de grauwe verveloze deur van de dienstuitgang. Hij ging gewoon naar binnen, gewoon maar toch met iets aanmatigends in zijn bewegingen. Van een verblindende glimlach zag hij af, omdat hij toch geen bloemen bij zich had.

Vlak onder de bureaulamp spookte haar hoofd, een weinig gebogen en rossig beschenen. Vooral het kunstig opgemaakte kapsel scheen hem rossig toe, met lichtere schuimkopjes op de glanzende golven en tussenin donkere brillantinestrepen. Haar mond was een zwart plekje, halvemaanvormig. Maar zodra ze achterover ging leunen en het licht haar gezicht vol en zonder schaduwen bestraalde, zag hij het Gioconda-glimlachje dat ze hem aanbood.

Hij onderdrukte een opwelling om op handen en voeten naar haar toe te kruipen, onder de schrijftafel door, en haar knieën te likken als een hond. Een onstuimig begin zou alles kunnen bederven en dus ging hij zoals altijd bedaard op haar af en kuste het halvemaanvormige schaduwplekje. Hij deed dit echter zeer grondig.

Ze voelde dadelijk zijn grote honger aan: het onhandige van zijn gedragingen, zijn omslachtig stilzwijgen, het loze drukje van zijn vingers onder haar oksel. Opzettelijk keek ze een andere kant uit.

'Je hebt de buitendeur toch weer gesloten, Jo?'

'Wéér gesloten? Geslóten, bedoel je? Ze was open,' zei hij.

'Nou ja, geslóten dan.'

Hij knikte.

'Ja, liefje,' zei hij, zoals tot een schattig mokkeltje met een haarstrik.

Ze prutste aan het sleuteltje van de bureaulade en leek nog niet helemaal gerustgesteld.

'Je hebt ook de huisbewaarder niet ontmoet?'
'Ben je daar weer? Wat maak jij toch altijd een drukte over die hinkepoot. Vertrouw je hem niet?'
'Ik weet het niet,' zei ze. 'De laatste tijd kijkt hij me zo vreemd aan, net alsof hij iets vermoedt. Ik heb soms de indruk dat hij me bespiedt.'
Hij haalde de schouders op.
'Je verbeeldt je maar wat. Die man is niet goed snik. Praat je wel eens met hem?'
'Niet zo vaak. Ik heb overigens zelden de gelegenheid daartoe, je zou zeggen dat hij me ontwijkt, alsof ik hem ooit iets in de weg gelegd had. Hij is een rara avis. Sedert zijn vrouw er vandoor gegaan is met die schermkampioen, is hij zo hulpeloos als een kever die op zijn rugschild gevallen is. Je weet dat hij me verleden jaar eens heeft aangesproken, heb ik je dat verteld? Een halfuur lang heeft hij staan zeuren over allerlei onsamenhangende dingen, over de onschendbaarheid van het huwelijk en de noodzaak van een strengere strafwet op het overspel en weet ik wat nog meer. Ik was blij dat de telefoon me van hem redde, want ik begon echt bang voor hem te worden. Hij zei toen ook, val niet om, dat de wereld er heel anders zou uitzien, als iedereen zich gedroeg zoals ik. Hij keek me daarbij haast dankbaar aan, met dweperige ogen, alsof ik het lichtende en troostende voorbeeld was dat hem van een wanhoopsdaad weerhield.'
'Misschien is hij verliefd op jou,' gekscheerde hij.
'Zó gek lijkt hij me nu ook weer niet,' zei ze met een ondeugend lachje.
'Dank je wel,' zei hij.
'Ik denk nog dikwijls aan dat gesprek terug,' ging ze weer ernstig voort. 'Soms heb ik het gevoel dat, als

hij ooit achter onze verhouding zou komen, dit voor hem... nou ja, hoe zal ik het zeggen... het is natuurlijk onzinnig...'

Hij ging schuin tegenover haar op de rand van het bureau zitten en zag haar met een bedenkelijk gezicht aan.

'Kan jij niets beters verzinnen om over te praten dan de gekneusde eigenliefde van zo'n strompelaartje? Zeg me liever wat je op het ogenblik uitricht. Waaraan werk je?' vroeg hij, met een nadrukkelijke blik op het onvoltooide manuscript op haar vloeimap.

'O, niets bijzonders, een slap verhandelingetje,' zei ze.

'Over?'

'Over de steen van Japhet.'

'De steen van wàt?'

'Van Japhet. Je weet wel: die geschiedenis uit het Oude Testament. De steen die Noach aan zijn zoon Japhet zou gegeven hebben en die de bezitter de macht zou verleend hebben om regen te maken.'

Terwijl ze sprak, vertoonde zich af en toe het hagedisachtige tongpuntje tussen haar lippen.

'Jij hebt in ieder geval veel moed, om jezelf bij zo'n vervloekt weer te zitten afpijnigen met dergelijke problemen,' zei hij bewonderend. 'Waarom probeer je niet de steen zelf terug te vinden? Een vlaagje regen zou hoogst welkom zijn. Het ziet er uit of we de eerstvolgende dagen nog geen regenachtige depressie mogen verwachten.'

'...met het middelpunt boven Noord-Ierland,' vulde ze ironisch aan, beroepsmisvorming insinuerend.

'Ja, ieder maakt regen op zijn manier, jij met je bijbelse stenen, ik met cyclonen en depressies. Laten we gauw over iets anders praten, of we zitten elkaar

weer in het haar,' zei hij, verzoenend de handen opstekend. 'Ik zou eigenlijk liever op een vriendschappelijke manier in je haar willen...'
'Zeg Jo,' onderbrak ze hem, starend, nog even ernstig. 'Wat denk jij over die geruchten in verband met kosmische storingen en geweldige zonuitbarstingen, allerlei vreselijke voortekenen die de aarde met ondergang zouden bedreigen? Hecht jij daar geloof aan? Ik heb ten slotte een meteoroloog bij de hand, iemand die...'
'...die aan het beroepsgeheim gebonden is,' plaagde hij.
'Wat heeft dat met beroepsgeheim te maken, verschijnselen die door iedereen worden waargenomen en daarenboven in de kranten gecommentarieerd?'
'Maak je daar geen zorgen over, poesje,' zei hij, haar hand strelend. 'Ik weet zelf niet heel veel meer dan jij. We hebben pas deze namiddag de rapporten uit Potsdam ontvangen. Het enige dat we uit een eerste vluchtige vergelijking met onze eigen gegevens hebben kunnen afleiden is, dat de aarde zich dichter bij de zon schijnt te bevinden dan normaal het geval is. Een verklaring hiervoor werd nog niet gevonden, maar wees gerust, voorlopig is de toestand niet alarmerend.'
'Zo, dat is dàt. Maar...'
'Ladies and outsiders are not allowed to pass beyond this point,' zei hij, denkend aan het opschrift van een bordje dat hem enige jaren geleden, tijdens een wandeling in de omgeving van de universiteit van Cambridge, de toegang ontzegd had tot een verboden zone, waar, naar hij achteraf vernomen had, de studenten en hooggeleerde heren docenten zich over-

gaven aan allerlei nudistische genoegens als zwemmen, zonnebaden en body-building.
'Is dat Shakespeare?' vroeg ze.
'Neen, Cambridge,' lachte hij.
Ofschoon ze de zinspeling niet begreep, lachte ze toch met hem mee. In het daaropvolgende ogenblik zag hij haar doordringend aan. Ze ontweek op onopvallende wijze zijn blik en schroefde het dopje op haar vulpen, zeer bedachtzaam, alsof ze een delicaat werkje verrichtte. Eventjes keek hij naar haar handen, haar schroevende vingers, maar zijn aandacht dwaalde spoedig weer af. Het was onweerstaanbaar. Hij dacht aan de doorzichtige nimfensluiers van de Gevallen Engelen in de etalage. Er zwol iets op in zijn keel en hij boog zich langzaam, met een droge mond, voorover. Het lamplicht sneed haar gezicht in twee helften, een lichte en een donkere. Hij was verliefd op de donkere helft.
Hij kwam van de tafel af. Omdat ze zich niet bewoog, omdat ze hem niet tegemoet kwam, stelde hij zich achter haar stoel op. Ze draaide zich niet om. Hij lei de handen op haar schouders en vroeg zich af of ze misschien niet liever voortwerkte aan haar verhandeling over de steen van Japhet.
'Elsje,' zei hij schor.
Ze haalde zwaar adem; haar schouders gingen zacht op en neer onder zijn handen.
'Het is zo warm, Jo,' wierp ze fluisterend op.
Hij blies haar plagend in het haar, dat in fijne strengetjes openwaaide. Ze lei haar hoofd op zij en liet haar wang op zijn hand rusten. Hij sloot de ogen en zijn andere hand gleed van haar schouders omlaag, de rondingen van haar lichaam volgend. Zijn oog-

leden waren dunne schelpjes, eierschaaltjes, waar de gloed van de lamp rose doorschemerde.
Zijn liefkozingen bedwelmden haar. Langzaam zonk haar hoofd verder achterover; het speelse hagedistongetje lokte hem aan en hij probeerde het tussen zijn tanden te vangen. Dit was niet het armzalige bedrog van een omslagtekenaar, dit was – o, she was wonderful.
De stoel waarop ze zat ging mee een eindje achterover, steigerend, zodat haar knieën de middenlade van het bureau raakten. Even later noemde hij weer haar naam.
Ze sloeg de ogen op.
'De huisbewaarder...' fluisterde ze.
Hij beet haar zacht in het oor.
'Onzin,' zei hij. 'Die heeft nog nooit iets gemerkt, we zijn hem telkens te glad af.'
Na een tijdje kwam de stoel weer op zijn vier poten terecht. Zij richtte zich op, streek met een bespottelijk nauwlettend gebaartje haar rok glad en haalde uit een van de bureauladen een sleutelbos en een zaklantaarn te voorschijn.
Ze verlieten samen het vertrek. Elza ging hem door de donkere doolhof van gangen, trappen en portaaltjes voor, met haar lantaarn lichtend langs de marmeren plinten. Haar hakken tikten nijdig op de vloer en terwijl hij vlak achter haar aanliep, plots ongeduldig, met een warme mond en een jeukerig gevoel om zijn navel, dacht hij aan de vrouw van de huisbewaarder die zich door een schermkampioen had laten verleiden en hij stelde zich haar voor als een kleine, dikke kwal met kwijnende wateroogjes.
Zwijgend liepen ze door de naar boenwas ruikende

zalen. De zaklamp schoot haar lichtstraal over de glimmende parketvloer uit, danste langs de urnen en vazen en fetisjen in de vitrines, langs de grijnzende maskers en pruikachtige scalpen aan de muren. Het gedrongen skelet van een pigmee zweefde, eensklaps kalkwit beschenen, van op de duistere achtergrond op hen af als een van die akelige, in nissen opgestelde geraamtes waar men in de spooktunnels op kermissen met een treintje op aanrijdt. Maar dan werd de lichtbundel met een plotse zwaai op een gesloten deur gericht. De horizontale witte strook tussen het bovenste en onderste deurpaneel kwam vlug dichterbij en Joris onderscheidde, in een brede cartouche, de hiëroglifisch gestileerde woorden EGYPTISCH PAVILJOEN. De sleutelbos rinkelde. Elza ontsloot de deur en ze gingen de stikdonkere ruimte binnen. Hij nam de lantaarn van haar over, terwijl ze de deur aan de binnenkant weer op slot deed. Alhoewel hij hier voor de derde maal kwam, lichtte hij ook nu weer met een beklemd gevoel om zich heen in het kleine, geheel afgezonderde zaaltje. Het was hallucinerend, men waande zich telkens in de muffe grafkelder van een piramide, het geheimzinnige afgodische schimmenrijk van de farao's. In het midden van het paviljoen, op een sarcofaag van twijfelachtige oorsprong, lag in een glazen doodkist de mummie met haar aapachtig verschrompeld gezicht uitgestrekt, een gebalsemd en gedroogd monsterachtig Sneeuwwitje dat reeds tientallen eeuwen vruchteloos wachtte op de kus die haar uit de verstarring van een omzwachtelde doodsslaap zou doen ontwaken. Links van de sarcofaag, tegen de muur, stond het indrukwekkende praalbed uit de negentiende dynastie met het vergulde ge

vleugelde stier-wapen van een der goddelijke heersers op het hoofd- en voeteneinde en tijdelijk voorzien van een matras en wollen deken die stellig nog geen jaar oud waren. Aan de andere kant van de sarcofaag, op een estrade, had men het draagzeteltje van één van koning Menhoteps dochters (of was het Echnaton?) geplaatst. Haar gouden diadeem lag een weinig verder op een laag banktafeltje. In een ingebouwde vitrine waren, behalve de zonderlingste gebruiksvoorwerpen, een sistrum, een kanopenkruik en enkele scherven van een fraai mastabareliëf uitgestald.
Terwijl Joris ademloos stond toe te kijken en in de traag heen en weer bewegende lichtstraal van de zaklamp voor de derde maal deze overblijfselen van een reeds lang vergane beschaving in ogenschouw nam, hoorde hij het klikken van een schakelaar. De glazen doodkist in het midden van de zaal baadde in een zacht, onwezenlijk licht. De farao met het rimpelige norse oudwijfjesgezicht lag als een dode vis, als een fossiele meermin, op de bodem van een verlicht aquarium. Zijn oogleden en lippen waren verguld, zijn lederachtige en nog gedeeltelijk behaarde schedel rustte op een gouden hoofdbankje.
Evenals de vorige keren bekwam Joris ook nu slechts langzaam van zijn verbazing. Hij doofde de lantaarn en keerde zich besluiteloos om. Elza zat op de rand van het praalbed en knoopte gedachteloos haar jak los. Hij ging naast haar zitten.
'Wie is dat fossiel?' vroeg hij.
'Ammon de derde,' fluisterde ze.
Hij knikte en herinnerde zich dat hij haar de vorige keer precies dezelfde vraag gesteld had. Maar het deed er ten slotte weinig toe: Ammon de derde was dood

en de doden hadden niets met de levenden te maken.
'Hij stierf kinderloos,' zei ze iets luider, terwijl ze zich verder ontkleedde.
Hij keek haar niet aan. Misschien was hij niet gesteld op kinderen, dacht hij, misschien was hij een malthusianist avant la lettre.
Ze strekten zich naast elkaar tussen de twee gevleugelde stieren uit en het stof stoof uit de deken op. Hij haalde haar naar zich toe, kuste haar en toen hij de zoete kleverige zalf van de lippenstift proefde, dacht hij onwillekeurig aan de gouden mummielippen. Haar lichaam was slap en week en haar huid glom van het zweet.
Even later maakte ze zich uit zijn omarming los. Over zijn schouder staarde ze naar de verlichte doodkist, naar het scherpe profiel van Ammon de derde, de kinderloze despoot en piramidenbouwer.
'Ze haalden de hersens met een haakje langs de neus uit,' zei ze.
Hij begreep dat ze over het balsemen sprak, maar het kon hem geen barst schelen wat men met de hersens van een farao uitrichtte. Het was allemaal een beetje bordeelachtig, vond hij: de glanzende visbak met de dode meermin die niet eens meer kon oprispen omdat ze geen ingewanden meer had, de moderne matras op een oeroud Egyptisch bed dat voor enige weken nog nieuwsgierig aangegaapt werd door een menigte toeristen, het hulpeloze schorre gestamel van een telkens weer vastlopend kultuurhistorisch gesprek in een muf liefdepaviljoen, veilig aan de binnenkant afgesloten als een hoerenkast, omdat de huisbewaarder er tijdens een van zijn nachtwaken wel eens binnenliep. Een beetje bordeelachtig inderdaad, maar ten slotte

had hij er geen enkel ernstig bezwaar tegen: alleen wrakke boten en lusteloze, afgestompte echtparen hadden een vaste ligplaats.
'Bij niet vorstelijke personen sneed men gewoonlijk...'
Hij boog zich over haar en zijn mond drukte onstuimig haar mond toe, die in het aquariumlicht de kleur van aniline had. Ze was niet erg meegaand en hij vervloekte in stilte de vorstelijke en niet-vorstelijke personen, wier zichtbare en onzichtbare tegenwoordigheid hen hinderde.
Opeens stiet ze hem verschrikt van zich af en ging opzitten.
'Wat heb je?' vroeg hij boos, vernederd.
Ze zag hem angstig aan.
'Hij is daar,' zei ze bang.
Hij ging op zijn beurt opzitten. De onregelmatige hinkende stap kwam langzaam dichterbij, van uit de zalen, en hield bij de deur van het paviljoen stil. Ze luisterden met ingehouden adem toe. De deurkruk bewoog aan de binnenkant geluidloos op en neer.
'Zie je wel, hij weet het,' fluisterde ze. 'Hij is ons achternagegaan.'
'Wat zou dat?' bromde hij. 'De deur is op slot.'
Ze antwoordde niet en staarde met grote angstige ogen naar de deur. Hij kon een vloek niet onderdrukken.
'Laat je toch niet overstuur maken door die mankpoot. Hij zal vanzelf weer weggaan.'
Ze hoorden een boos gehompel achter de deur, waarna de stappen zich enigszins aarzelend verwijderden.
'Wat zou hij in het schild voeren?' vroeg zij zich na een tijdje, toen er niets meer te horen was, luidop af.

'Laten we hier weggaan, Jo. Ik vertrouw hem niet.'
'Stel je niet zo dwaas aan,' zei hij.
Maar zelf had hij opeens ook geen lust meer om met dit alles voort te gaan. Hij keek naar het rode gespindrukje van haar bustehouder op haar gladde, naakte rug. Jij onnozel loeder, dacht hij. Hij was woedend op haar, bijna even woedend als op die halfgekke snuffelaar van een huisbewaarder.

De sleutelbos rinkelde. Elza sloot de deur van het Egyptisch Paviljoen aan de buitenkant af en Joris lichtte haar bij. De straal viel op haar bleke, verzorgde handen, waarvan de gevernisde nagels spiegelden als glazuurschelpjes. Vreemd, dacht hij, dit zijn niet haar eigen handen, dit zijn wassen afbeeldsels van de smalle handen met de spitse gevoelige vingertoppen van een Egyptische koningin. Hij had de indruk dat deze handen moesten gereproduceerd zijn in een van de werken over kunstgeschiedenis die boven in het kantoor stonden. Het gaf hem een onbehaaglijk gevoel, bijna alsof hij zich zoëven gekoesterd had aan het gebalsemde lijk van Menhoteps dochter.
Elza nam de lantaarn van hem over en ging hem voor, door de glanzend geboende zalen, langs de vitrine met het skelet van de pigmee, langs de vazen, urnen, fetisjen, maskers en scalpen. Ze keek voortdurend schuw om zich heen, als verwachtte ze dat de huisbewaarder zich ergens verdekt had opgesteld om hen te bespieden, naast een kast of in een donkere hoek. Joris liep achter haar aan, de blik strak op haar rug gevestigd, en maakte opzettelijk veel gedruis met zijn voeten, zodat ze zich nu en dan met smekende ogen naar hem omkeerde. Hij was vervuld van een onbe-

stemde zwaarmoedigheid en tegelijk voelde hij zich diep vernederd door haar overhaast vertrek uit het paviljoen.

Zwijgend gingen ze de trap op, die zich als een steile zwaaiende magirusladder hoog in het schommelende licht verhief. Hun schaduwen gleden onder hun voeten weg en op het bordes, waar de trap van richting veranderde, liepen ze over hun eigen hoofd. Het portaal in de diepte beneden hen was een donkere, bodemloze valkuil. Zonder een woord te spreken klommen ze hoger, volkomen vervreemd van elkaar, en ze voelden het beiden even duidelijk aan: dat dit langzame stijgen in feite een nederwaartse beweging was, een afdalen in een gapende afgrond. Elke teleurgestelde verwachting, elke onbevredigde liefde was tegelijk een opklimmen en een afdalen, een afgrond die men vruchteloos besteeg.

Op de derde of vierde trede, die hen van de verdieping scheidde, stonden ze roerloos stil. De lichtbundel, plots onbeweeglijk, straalde tussen de balusters van de trapleuning in de diepte uit. Elza slaakte een doordringende gil en greep Joris bij de arm. Van de balustrade hing een touw in de diepte af en aan het uiteinde van dat touw bengelde het dode lichaam van de huisbewaarder. Hij slingerde nog zacht heen en weer en zijn mismaakte voet was een weinig naar buiten gekeerd, alsof hij zich daarmee van de kant had willen afduwen.

Ze stonden enige tijd ontsteld dit vreselijke schouwspel aan te zien en toen boog Elza zich zwakjes voorover. De lamp ontglipte haar hand en viel tussen de balusters door naar beneden. Ze hoorden het rinkelen van de glasscherven in het portaal en bleven als versteend in het donker staan.

Hemel, Joris, help hem toch,' steunde ze. 'Maak hem los.'
'Wat verwacht je dan? Hij is dood,' zei hij toonloos en staarde in de donkerte voor zich uit, nog steeds in de richting van de balustrade.
Daarna ging hij op de bovenste trede zitten en probeerde na te denken en langzamerhand kwam hij tot de vaststelling dat hij gelijk had: je behoorde het leven tijdig weer uit te spuwen, wilde je niet door hartstocht of wanhoop verwoest worden.

De pogrom

In de grote, ronde zaal van het Osmara Teater gingen alle lichten aan. Het was in de vooravond en er had die dag geen vertoning plaats. Hamilcar Milesco, de Roemeense Jood, die in een van de benedenloges te slapen zat, trok verschrikt de ogen open. Nu hebben ze me gevonden, dit is het einde, dacht hij. Hij wachtte op de onvermijdelijke voetstappen en toen hij helemaal niets hoorde, werd hij nog angstiger dan wanneer hij iemand had horen naderen. De lichtschijn der feestelijk veelkleurige gloeilampjes langs het amfiteater scheen de stilte, die de wijde hoge ruimte der zaal geheel en al vulde, met zachte knetteringen als een gas te verbranden. Hij zat rechtop. Er gebeurde iets met zijn handen: ze gehoorzaamden niet aan de wil die hij ze oplegde om rustig te zijn. Zijn handen beefden. Evenals bij de duizenden Joden die op dat ogenblik als ratten werden opgejaagd uit de donkere vunzige holen waar ze zich schuilhielden, krampte de doodsangst in zijn handen. Want de handen, die zich het éérst afwerend uitstrekten naar het onmiddellijk dreigende gevaar, die zich in stonden van grote nood en beproeving werktuiglijk verenigden tot het gebed, die tastend de wanden der schuilplaats onderzochten om een opening te vinden naar het licht van de dag der vrijheid, waren de hoogspanningsspoelen van het leven. En deze spoelen gehoorzaamden zelden aan de menselijke wil om rustig de dood te ontvangen en te geleiden. De dood is het einde van dit leven, dat weet iedereen.

Ook Hamilcar Milesco wist dat. Zijn ogen, die schuw in de hel verlichte zaal spiedden, gloeiden van angst. Nu hebben ze me gevonden, herhaalde hij in zichzelf, dit is het einde. Het einde waarop niemand is voorbereid, als zijn uur niet is gekomen volgens het natuurlijk recht op leven.

De stappen die hij hoorde waren niet door zijn verbeelding opgeroepen. Ze klonken uit een holle, lege diepte op. Iemand ging over het krakende hout van een planken vloer, iemand die voorzichtig was, aarzelend, even stilstaand en dadelijk weer voortlopend, iemand die niet wilde gezien worden. Hamilcar luisterde, in verstarde houding. Neen, iemand ging dwars door zijn hoofd, van zijn ene slaap naar de andere. En toen weer buiten zijn hoofd, in de diepte onder de zaal, vooraan, onder het toneel. Het geluid was dat van een hamerende specht. Zijn hoofd was een holle boom, waarin de snavel van de specht pijnlijk diep doordrong.

Onwillekeurig bevoelden zijn vingertoppen de scherpe snede van het kleine vildersmes dat in zijn zak zat. Tussen dat mes en zijn polsslagader bestond een naamloze en noodlottige overeenkomst.

De gehoorde stappen waren geen verbeelding. Zo ook was het hoofd, dat hij heel eventjes in het orkest zag bewegen, geen visioen. Het verscheen boven de schutting en verdween toen weer, zeer vlug. Hamilcar durfde zich niet verroeren. Het zweet brak hem uit. Zoals altijd in dergelijke omstandigheden waren de gedachten die in hem ontwaakten als grillige beweeglijke schaduwen, door een grote en sterke lichtbron afgeworpen. Zij groeiden en verschrompelden naarmate het licht feller of zwakker werd, zij grepen spookachtig om zich heen en bleven zelf ongrijpbaar, onwezenlijk, monsterachtig onwezenlijk. Hij wist dat zijn lafheid noch zijn angst bij een licht konden vergeleken worden, dat ze eerder een benauwende duisternis waren, maar toch zag hij in zichzelf niets anders dan deze gedrochtelijke schaduwen – en welke schaduwen worden niet door een lichtbron geprojecteerd? Dit waren zijn gedachten, terwijl hij dodelijk bevreesd zat te staren naar de lager gelegen ruimte vóór het toneel.

De baignoires baadden in het licht. Ongetwijfeld zou hij, alhoewel de gordijn van zijn loge hem gedeeltelijk aan het gezicht onttrok, vrij spoedig in deze schuilhoek opgemerkt worden. Hij was hier niet veilig. Nérgens was hij veilig. Het Osmara Teater was groot en had talloze uitgangen waarlangs men ontsnappen kon, maar vermoedelijk zou het gebouw omsingeld zijn. Alleen het mes kon hem helpen. Het mes was een zekere, betrouwbare hulp.

Toen werd de grote lichtkroon, die van de hoge koepel neerhing, gedoofd. Slechts de gekleurde lampjes langs het amfiteater bleven branden. Het was een sprookjesachtig licht, als van glimwormen. In de concentratiekampen, in de gaskamers, in de crematoria en rond de kalkputten brandden geen kleurige lampjes. Misschien was het een voorrecht te worden uitgeroeid bij dergelijke verlichting. Misschien was het minder pijnlijk, minder onmenselijk. Of was het integendeel pijnlijker en onmenselijker? Van de lichtende hoogte van het leven neer te storten in de duisternis van de dood was vreselijk – maar was het niet vreselijker te worden aangestaard door een honderdtal rode en blauwe en groene ogen, de krank-

zinnige lichtogen van een onafwendbare dood? To-
verlantarens en glimwormen: dat was een sprookje
voor kinderen. Maar de werkelijkheid was ontstellend
ànders, als een verlichting voor een fotografische
donkere kamer of voor een biochemisch proefstation,
waar levende wezens blootgesteld werden aan alfa-
en betastralen.
In zijn rug voelde Hamilcar opeens de vijandige donkerte van de loge. Dààr, op enkele meters achter
hem, bevond zich de deur die uitkwam op de couloir.
Hij hield de adem in, luisterde of de deur niet open-
ging. Zich omkeren durfde hij niet, iedere beweging
zou hem verraden. Maar de deur ging niet open. Er
gebeurde iets anders, waardoor zijn aandacht werd
afgeleid van de donkere ruimte achter zijn rug.
In de zaal begon iemand te spreken, op halfluide
toon, zoals bij de aanhef van een redevoering. Het
klonk zeer vreemd, hol en akelig als in een oude gewelfde grafkelder, maar toch had de stem een rustige,
bezonnen en menselijke klank. Zulk een wonderlijke
invloed ging van deze stem uit, dat Hamilcar er zich
op onverklaarbare wijze door getroost en gesterkt
voelde. Zijn zenuwen ontspanden, de woorden kwamen op hem aandrijven als een vochtige nevel, als een
koele adem. Hij vergat de deur, de glimogen van de
dood, de voetstappen, het hoofd boven de schutting
van het orkest. Hij lette goed op, want hij wilde weten
wat de woorden betekenden, of ze misschien niet tot
hem gericht waren, een boodschap of een sommatie
inhielden.
Weldra bemerkte hij ook de spreker, die rechtop in
het orkest stond, ongeveer dààr waar zich de lessenaar
van de dirigent moest bevinden. Alleen zijn hoofd en

schouders waren boven de schutting zichtbaar. Zijn gezicht werd flauw belicht door de afgeschermde orkestlamp, die even te voren niet brandde en waarschijnlijk pas was aangestoken. Wat Hamilcar bovenal geruststelde was, dat de man geen uniform droeg. Degenen die Levi Geannou met een geweerkolf de tanden uitgeslagen hadden, degenen die Ruben de Armeniër in zijn winkel met het nekvel aan een spekhaak hadden opgehangen en degenen die Ghisana, de dochter van Simeon Amman, tijdens haar huwelijksnacht uit het bed hadden weggesleept, al dezen droegen wél een uniform. Vervloekt weze hun nageslacht, omdat ze dit gedaan hadden.

Maar de man die van uit het orkest een onzichtbaar gehoor toesprak, droeg niet alleen geen uniform, hij drukte zich daarenboven in het Jiddisch uit. 'Broeders,' zei hij, 'zoals iedere vierde dag van de week zijn wij hier ook vandaag weer samengekomen om, verbonden door het geloof van onze gemeenschappelijke vaderen, in deze dagen van grote beproeving samen de harten te verheffen tot de Heer en ons voor te bereiden op de dag der vrijheid. De wonden, die de vijanden en verdrukkers van ons geliefde volk in ons aller gemoed hebben geslagen, kunnen slechts verzacht worden, wanneer wij in broederlijke liefde en tot gezamenlijk verweer verenigd blijven. Het schaap dat de kudde verlaat, is een zekere prooi van de wolven. We moeten sterk zijn en vertrouwen hebben, want de dag zal komen waarop wij, dankbaar en deemoedig, de woorden van koning David zullen kunnen nazeggen: Ik riep den Heer aan die te prijzen is, en ik werd verlost van mijn vijanden. Zo ook zal de dag komen waarop wij de Davidsster, die men ons

als een schandmerk op de borst heeft gespeld, als een ereteken zullen dragen. Tot onze broeder Andreas Oczinsky, die voor het eerst onze samenkomsten bijwoont, zeg ik: wij kennen je smart, wij weten wat men je vrouw en je zoon heeft aangedaan; in ons midden zal je dit leed misschien niet vergeten, maar het zal je zeker sterker maken, omdat wij het begrijpen en eerbiedigen, omdat bijna ieder van ons eenzelfde verdriet heeft te dragen en omdat het gemakkelijker is een verdriet met velen te dragen dan alleen.'
Zo sprak hij, de man in het orkest, en al wat hij zei wekte in Hamilcar een wonderbare ontroering, alsof dit ogenblik zelf de beloofde dag der vrijheid was. Ook bracht hij in zijn toespraak hulde aan de machinist van het Teater, die niet in de zaal aanwezig was, maar die hij een vriend van het Joodse volk noemde dank zij wiens hulp deze geheime samenkomsten mogelijk waren.
Hamilcar greep met beide handen de borstleuning van de loge vast en leunde voorover. Zo zat hij enige tijd in vervoering te luisteren naar de stem, die hem nu niet langer vochtig en koel als een nevel, doch warm en weldoend als de ontdooiende gloed van een open haard tegemoet kwam. De woorden van deze lotgenoot koesterden zijn moede, gemartelde zinnen. Ja, het was gemakkelijker een verdriet met velen te dragen dan alleen – deze woorden in het bijzonder hadden hem zeer diep getroffen; ze waren gegrepen uit zijn hart en uit de bittere waarheid waarvan dit hart vervuld was.
Maar toen maakten zijn geluk en zijn kinderlijke ontroering onverwacht plaats voor een bange twijfel. Deze hele vertoning kon immers een list of een

bedrieglijk opzet zijn om hem uit zijn schuilhoek te lokken. Hij had al zovele verhalen gehoord over de ongelooflijke sluwheid waarmede de beulsknechten van de nieuwe orde te werk gingen om hun slachtoffers in de val te lokken, dat ook nu in hem de hoop niet leven kon zonder een schaduw van achterdocht. Zo omzichtig en geruisloos mogelijk richtte hij zich nog wat hoger op. Toen zag hij, behalve de man die de redevoering gehouden had, nog vier anderen in het orkest zitten. Geen van hen droeg een uniform. Zij zaten in een halve kring, heel bedaard en ernstig, als wachtten ze op het opgaan van het scherm of op een teken van degene die zoëven gesproken had om hun instrumenten aan te zetten. Ja, als muzikanten zaten ze daar, een kwartet, de blik in rustige afwachting gevestigd op de dirigent.

En de dirigent nam andermaal het woord. Hamilcar glimlachte. Een gojim of een verrader zou het woord 'broeders' nooit met zoveel liefdevolle warmte, oprechte overtuiging, religieuze en tegelijk dichterlijke verbeeldingskracht kunnen uitspreken. Evenmin zou hij aan dit woord de opvallend hartstochtelijke kleur van door beproeving en vernedering gelouterde smart kunnen geven. Dit kon alleen iemand die sprak van uit de ziel van het Joodse volk, die deel uitmaakte van de ware geloofsgemeenschap en er zich onafscheidelijk mee verbonden voelde. Hamilcar luisterde en glimlachte. Het werd hem warm om het hart, want dit was een zeldzaam ogenblik van geluk. Had de Heer de profeet Joël niet deze woorden ingegeven: maar Juda zal blijven in de eeuwigheid, en Jeruzalem van geslacht tot geslacht; en Ik zal hun bloed reinigen dat Ik niet gereinigd had, en de Heer zal wonen in Sion?

Ja, zo was het, God zou Zijn uitverkoren volk beschermen. De grote bloedzuivering was al aan de gang, maar daarna zou Hij Zijn volk verzamelen en Zijn verblijfplaats kiezen te midden van hen.

Nadat hij dit alles overdacht had, nam Hamilcar een besluit. Hij stond op en verliet de loge. Langs de couloir bereikte hij het parterre. Behoedzaam, ten einde de in het orkest vergaderden niet op te schrikken, sloop hij naar de voorkant, naar de stalles, waar hij zonder enig gerucht te maken plaats nam op de eerste rij, vlak vóór de schutting die het orkest scheidde van de zaal. Hier kon hij zonder moeite horen wat er gezegd werd. Hier was hij, ofschoon onzichtbaar, verenigd met hen wier bloed zijn bloed, wier leven zijn leven, wier verlangen zijn verlangen was. Want bij hen hoorde hij, zoals een vrucht bij de vruchten van een zelfde boom. Nu hoorde hij een andere stem. Zij was moedelozer, doffer en niet zo duidelijk als de eerste. Zij bracht relaas uit van een razzia die de Duitse bloedhonden in het getto hadden verricht. De bijzonderheden van dit ooggetuigeverslag rezen in Hamilcars geest op als beelden uit een persoonlijke herinnering: de brandende huizen, de uitgeplunderde winkels met hun vernielde etalages, de verschrikte gezichten van mannen en vrouwen, de huilende kinderen, de met grauwe zeilen overhuifde vrachtwagens langs het voetpad, de glimmende zwarte laarzen die gleiswerk en eetwaren vertrappelden, de rammeiende geweerkolven die splinters uit de gesloten deuren sloegen...

De stem zweeg en het bleef lange tijd stil achter de schutting. Een stoel werd verschoven; iemand fluisterde een paar woorden. Daarna kwam degene, die het

eerst gesproken had deze avond, weer aan de beurt. Hij zei: 'Onze broeder Ephraïm Salzmann heeft vernomen dat vannacht speciale patrouilles de binnenstad doorzoeken. We moeten dus voorzichtig zijn en ons niet nodeloos aan het gevaar blootstellen. Laten we liefst zo vlug mogelijk uit elkaar gaan. Zoals gewoonlijk zal echter onze broeder Virgil Andresco, die een groot en begenadigd kunstenaar is, onze samenkomst besluiten met een hymne aan onze geloofsgenoten over de gehele wereld, de levende en de dode, de vervolgde en de gegijzelde, aan allen die geleden hebben en nog lijden ter wille van de vrijheid en het dierbare geloof van hun vaderen.'
Op dit hoogdravende slotwoord volgde weer een lange stilte. Iemand snoot zacht zijn neus; iemand anders kuchte. Hout kraakte, knarsend alsof het ging splijten: de schroeven van een snaarinstrument werden aangedraaid. Een korte streek van het paardehaar over de vier snaren: la - re - sol - do. Weer het knarsen van hout. Een streek over één enkele snaar, ietwat langer en met meer aandrang. Toen werd het zéér stil, ongewoon stil.
Hamilcar sloot de ogen. De cello verhief haar droevig geluid. Het was een dierlijk geluid, als het gehuil van een stervende hond. Lamentoso. Slepend, maar toch reeds zingend, breed en melodieus. Niemand is alleen, ook een stervende hond niet. Een mens vergaat in de draaikolk der muziek, maar hij is nooit alleen. Een mens en een hond vinden elkaar in het holle, zuigende middelpunt van de draaikolk. In het middelpunt van de wereld. Con abbandono. Nu zeer gedragen en breed zingend, welluidend als een bronzen stem. Een stem in het Heilige Woud. Largo assai. Een hond en een mens.

Hamilcar bewoog zich niet. Hij dacht aan zijn vaderland. Ook Joden hebben een vaderland. Dit lied, de Kol Nidrei, was de roepstem van zijn vaderland. Zijn tranen en zijn bloed. Dat deze muziek uit een mens kon geboren worden, was wonderbaar als de schepping van de wereld zelf. Maar neen, niet uit de mens steeg deze muziek op. Uit zijn diepe smart, uit zijn ellende. Uit de kramp van zijn vingers, gekromd in doodsangst en vertwijfeling. Uit de donkere holen waar hij leefde, uit de nacht van zijn verschrikkelijk leed. Uit de gaskamers, de lijkovens, de kalkputten. Uit de duisternis naar de zon van het leven, naar het licht van de liefde en de vrijheid.

Denkend aan dit verre en toch zo dichtbije vaderland, weende hij. Hamilcar Milesco, de Roemeense Jood, weende. De tranen vloeiden in zijn baard. Nooit had hij meer van iemand gehouden dan van Virgil Andresco, de onbekende cellist achter de orkestschutting, de man met de droeve ziel en wondere tovervingers. Treurig, zwaarmoediger dan ooit, was het donkere slepende gezang van de cello. Elegiaco. Een stervende hond.

De cello verstomde plotseling, als een motor die afsloeg. Ergens op de donkere, onverkenbare achtergrond van de zaal werden deuren opengegooid en dichtgeklapt. Het verblindend witte licht van een schijnwerper, van op één der balkons gericht, sloeg als een bliksem in het orkest. In de helle, verrassend scherpe en duizelingwekkende straalbundel zat ook Hamilcars hoofd gevangen.

De veiligheidspal van een vuurwapen werd versteld – het korte klikje was in de ademloze stilte goed hoorbaar – en een schorre stem schreeuwde van boven af:

'Wer sich bewegt, wird erlegt!'
Niemand bewoog zich. Als wilde konijnen, verstard en knipogend, staarden ze in het meedogenloze licht. Vreemd tekenden hun lange schaduwen zich op de wand van het orkest af, gebroken in de lenden.
Eén van hen – misschien was het Virgil Andresco, de cellist – wendde het hoofd af om aan de felle verblinding van de schijnwerper te ontkomen. Levenloos zakte hij ineen, zonder één woord, de mond wijd open. Op dat ogenblik doken de anderen, die naast hem stonden of zaten, achter de schutting weg. Maar de handmitrailleur ratelde voort, blindelings gehoorzamend aan de twee korte doch snelle zwaaibewegingen van de arm die hem bediende. Een paar kogels sloegen splinters uit het hout van de schutting, maar de meeste drongen zeer gemakkelijk door de dunne wand.
De mitrailleur zweeg. Nu ben ik aan de beurt, dacht Hamilcar. Hij staarde met uitpuilende ogen naar de ronde gaten in de houten wand, maar was zich niet bewust van wat hij zag. De ontstellend werkelijke betekenis ervan ontging hem. Zijn hand omklemde het vildersmes; hij kon zijn arm echter niet bewegen. De verbinding tussen zijn zintuigen en zijn wil was verbroken. Hij was als verlamd.
Toen de mitrailleur voor de tweede maal begon te vuren, maaide hij zeer laag over de zetels der stalles. Hamilcars hoofd werd naar voren gerukt. De korte, hevige pijn in zijn nek trok zijn mond tot een krampachtige grijns open. In dat éne vluchtige ogenblik, dat aan de dood voorafging, keerde zijn bewustzijn weer, begreep hij de betekenis van dit alles.

Inhoud

De madonna met de buil 5
De stemmer 55
De slakken 87
Dicht bij het water 106
De overspeligen in het koningsgraf 116
De pogrom 131

Andere verhalenbundels van Ward Ruyslinck:

DE OEROUDE VIJVER, *Marnixpocket 35*
DE VERLIEFDE AKELA, *Marnixreeks 16*
DE PAARDEVLEESETERS, *Marnixreeks 22*

Romans van Ward Ruyslinck:

WIEROOK EN TRANEN, *Marnixreeks 13*
DE ONTAARDE SLAPERS, *Marnixreeks 19*
DE STILLE ZOMER, *Marnixreeks 21*
HET DAL VAN HINNOM, *grote Marnixpocket 19*
GOLDEN OPHELIA, *grote Marnixpocket 23*
HET LEDIKANT VAN LADY CANT, *grote Marnixpocket 33*
HET RESERVAAT, *grote Marnixpocket 52*
DE APOKATASTASIS, *grote Marnixpocket 54*
DE KARAKOLIËRS, *grote Marnixpocket 57*
DE HEKSENKRING, *grote Marnixpocket 74*
HET GANZENBORD, *grote Marnixpocket 92*
IN NAAM VAN DE BEESTEN, *grote Marnixpocket 109*